KB142999

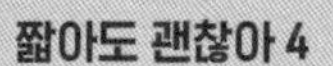

무민은 채식주의자

구병모 권지예 김봄 김서령 김연희 김은
박상영 위수정 이순원 이장욱
이주란 정세랑 최정화
태기수 하명희
황현진

기획의 말

동물권을 아시나요?

동물권Animal Rights을 아시나요? 동물도 사람과 마찬가지로 지각·감각 능력을 지닌 생명체로서 보호받을 도덕적 권리를 지닌다는 뜻의 이 말은 철학자 피터 싱어Peter Singer가 처음 주창한 것입니다. 그는 1973년 저서 『동물 해방Animal Liberation』에서 "모든 생명은 소중하며, 인간 이외의 동물도 고통과 즐거움을 느낄 수 있는 생명체"라고 서술한 바 있지요. 즉, 동물권은 인권에 비견되는 동물의 생명권을 의미합니다. 고통을 피하고 학대 당하지 않을 권리. 인간과 마찬가지로 동물 또한 적절한 서식 환경에서 살아갈 수 있으며, 인간의 유용성 여부에 따라 그 가치가 결정되지 않는다는 것. 이제 더는 이 같은 사실을 부인할 수 없습니다.

그럼에도 우리 사회 도처에서는 아직 동물권에 반하는 행위가 비일비재하게 발생합니다. 안타깝게도, 법과 행정은 물론 동물권에 대한 일반의 시민의식 역시 아직은 미성숙한 상태에 머물러 있는 셈입니다. 그러나 언제까지 기다릴 수는 없는 노릇입니다. 동물과 인간의 공존을 위해서라면 지금 당장의 변화가 필요합니다. 어쩌면 이런 변화를 다름 아닌 한 편의 소설이 이끌어낼 수 있지 않을까요? 동물권을 테마로 한 작품이 생명 존중에 대한 인식을 개선하고 문화를 확산

하는 하나의 시발점이 될 수 있지 않을까요? 바로 이 같은 생각으로부터 이번 소설집은 탄생했습니다.

동물권을 걷는사람의 초단편 소설 시리즈 '짧아도 괜찮아'의 네 번째 테마로 정한 것은 이미 지난해 말의 일입니다. 그리고 올 초 필자를 확정하였습니다. 작품 활동이 활발한 것은 물론, 평소 동물에 대한 깊은 애정을 갖고 있는 열여섯 명의 작가에게 작품을 부탁했지요. 저희의 기획 의도를 확인한 작가들은 기꺼이 힘을 보태주었습니다. 6개월쯤 지나 편집부로 모인 작품들은 하나같이 애틋했습니다. 그리고 가슴 가운데를 꿰찌르는 알 수 없는 통증을 안겼습니다. 앞으로 이 책의 페이지를 천천히 넘기실 독자 분들도 비슷한 감정을 갖게 되시리라 예감합니다. 작품을 읽는 내내 있는 힘껏 애틋해하시길, 또 아파하시길 바랍니다.

동물의 권리를 생각하는 일. 우리 안의 야만성, 잔혹성, 폭력성을 아프게 직시하는 일. 우리가 더 나은 삶을 살기 위해서라도 반드시 필요한 일이겠지요. 여기에 문학이, 소설이 고유의 방식으로 작은 역할이나마 해낼 수 있었다는 데 기쁨과 보람을 느낍니다. 지금의 기분을 잊지 않고, 걷는사람은 계속해서 걸어가겠습니다. 밤의 골목을 누비는 고양이처럼 조심스럽게 그리고 당차게.

2018년 11월
걷는사람 편집부

차례

날아라, 오딘

구병모

2008년 『위저드 베이커리』로
제2회 창비청소년문학상을 수상하며 등단했다.
소설집 『그것이 나만은 아니기를』 『빨간구두당』
『단 하나의 문장』, 장편소설 『아가미』 『파과』
『한 스푼의 시간』 『네 이웃의 식탁』이 있다.
오늘의작가상, 황순원신진문학상 등을 수상했다.

내일이 디데이다. 용맹한 너의 출전이다. 앞서 너의 친구들이 떠난 길을 너도 갈 것이다. 물론 이렇게 말하는 나도 마음이 편하지는 않다. 이것이 네게 자랑스러운 훈장이 될 수 없다는 사실을 알고 있다. 작전 성공과 함께 눈부신 성취감을 느껴야 마땅할 너는, 그때쯤이면 더 이상 세상에 존재하지 않는다는, 한 줌의 아이러니로만 남을 것이므로.

너는 내일 네 체중의 절반쯤 되는 폭탄을 배낭에 지고, 네가 오랫동안 믿고 따르던 친구 같은 이의 신호를 받아, 폭력적일 만큼 차갑고 무거운 거인을—저들의 단단한 탱크를 향해 달릴 것이다. 리허설도 재시도도 없는, 단 한 번의 질주와 습격으로 모든 것이 완성되는 무대이다. 이날 한순간을 위해 너는 나와 함께 적지 않은 시간 동안 모의훈련을 해왔지. 저들이 너를 발견하고 처음에는 머리라도 쓰다듬어주고자 손을 뻗다가, 이내 너의 등에 멘 배낭을 발견하고 아차 싶어 소총을 조준할 때는 이미 늦을 것이다. 너는 몸을 굴려 탱크 밑으로 들어가 있을 테며, 그들이 나오라고 발을 잡아 끄집어내려 해도 그 자리에 납작 엎드려 실랑이를 벌일 테고, 저들이 급한 마음에 너를 죽여 시신을 꺼내거나 탱크를 다른 데로 이동하려 하겠지만, 이쪽에서 원격으로 단추를 누르는 순간 배낭이 폭발할 것이다. 그와 함께 저들이 탑승한 탱크도 산산조각나겠지. 그 이전에 너는, 굴러다니는 몇 조각의 뼈마디를 제외하곤 흔적도 없이 사라지겠지.

고가의 무기를 못 쓰게 부수는 것은, 행동이 가능한 병사의 수를 줄이는 것만큼이나 아직까지는 우리의 전투 현장에서 중요한 작전 가운데 하나다. 앞으론 어떻게 달라질지 모르지. 이 세계의 기술은 하루가 다르게 발전하며, 미래의 어느 날엔가는 병사도 필요 없이 권력자들 몇몇이 모여 앉아 화면이나 들여다보면서 그 위에 손가락으로 점을 찍는 행위만으로도 무고한 바다를 흔들고 대지를 가라앉게 할 수 있을지도. 그러나 만약 그런 날이 온다 해도, 그것은 지금을 포함하여 오랜 세월 너와 네 친구들이 무수한 죽음으로 다져놓은 기반 위에서만 성립될 것이란다. 또한 그때는 살아 있는 우리 모든 존재의 필멸을 전제로 할 테니, 너는 너무 억울해하지 않아도 좋겠다. 나도 언젠가 그리 멀지 않은 어느 날, 먼저 떠난 너의 영혼을 뒤따르고말고. 그날 우리 다시 만나자. 아니, 죄 없는 너는 천국으로. 나는 지옥으로. 우리는 결코 만나지 못하겠구나.

너를 처음 만났을 때가 기억난다. 나는 직업이 직업이니만큼 너 같은 존재들과 눈을 마주치고 충분히 훈련시킨 뒤 결전의 장소로 떠나보내는 일에는 이골이 났으므로, 언제든 조속한 시일 내로 작별해야 하는 것들을 굳이 사랑하지 않았으며 너라는 존재 또한 내게 특별하지 않아야만 했다. 동물 훈련 교관이란 그런 것이다. 어디까지나 목적과 필요에 따라 꼭 계량된 만큼 적정 수준의 온기를 제공한다. 그 어떤 귀여움과 사랑스러움 앞에서도 이 원칙은 흔들리지 않으며, 사실상 훈련용으로 모인 너희들의 존재는 태생이나 살아온 내력, 유기된 경로 등으로 비추어보았을 때 그 같은 요소들을 상실한 경우가 많다. 너희들을 대할 적에 나는 이 위업을 완수하는 한 개의 주춧돌, 미래의 병기로만 바라볼 뿐 죄의식은 한 점이라도 남겨두어서는 안 되며, 훈련을 위해 아주 잠깐의 새로운 주인을—따뜻한 가족을 연기하는 것이다.

그럼에도 너희들은 다른 동물들에 비해 훨씬 나은 대우를 받고 있다는 데 나는 훈련 교관으로서 일말의 안도와 자부심을 느낀다. 물론 훈련 내용 자체는 혹독하기 매한가지겠으나, 적어도 결전의 그날 아침까지는 충분한 식사와 편안한 잠자리를 제공받으니 말이다. 탱크 파괴를 위해 그 목숨이 던져지더라도 그건 병사의 일원으로서가 아니냐. 매번 성공하는 것은 아니나 즉시 폭사로 인하여 고통을 오랫동안 느끼지 않아도 된다는 게, 병사에게는 오히려 축복일지도 모른다. 너희 말고 다른 종류의 친구들은 이런 대우를 받지 못하며 심지어 숨을 거둘 때까지 물 한 모금 마시지 못하는 경우가 많다. 그들은 주로 의료 실험에 쓰이는 부류다.

의료 실험. 보통은 신약 개발 과정에서 적응증을 살피고 부작용을 판독하여 더욱 완벽한 약을 만들기 위해, 효과적인 치료를 목적으로 많은 개체 수를 대상으로 투약하는 행위를 떠올리기 쉽다. 그러나 전쟁터에서의 의료 실험이란 그처럼 한가롭고 신사적이며 섬세한 한편 궁극적으로 신성한 행위와는 거리가 멀다. 다섯이면 다섯, 열이면 열 마리를 향해, 같은 거리에서 같은 탄환으로 같은 자리에 총을 발사한다. 동일한 신체 및 환경 조건에서 머리에 총알이 박힌 채로 얼마나 오랜 시간을 살아 있을 수 있으며, 박히지 않고 관통한 경우 기대 수명은 얼마나 더 늘어나는가? 부상당한 개체는 일정 시간 동안 얼마큼의 피를 흘리며, 총 몇 퍼센트의 피가 유실되어야 완전히 죽음에 이르는가? 이를 측정하기 위해 머리에 총알을 박아 넣고, 시간별로 출혈량과 그에 따른 생체 반응의 변화를 관찰 기록한다. 그러니 부상당한 한 마리가 그 어떤 구호 조치나 물 공급을 받지 못한 채 피를 흘리면서 만약 스물네 시간을 살아 버티어낸다면 그 시간 동안 고통을 수반한다는 뜻이며, 물리적으로 스물네 시간이 당사자에게는 24년과 같을 것이다. 물론 그 사이에 의식을 놓아버릴 수도 있지만 보통은 통증이 신경을 건드려 다시 깨어나곤 하며, 간헐적으로 기절하고 깨어나기를 반복하는 그 과정은 완전히 죽을 때까지 지속된다. 그러는 동안 개체는 자신에게 총을 쏜 병사를 간절한 눈빛으로 올려다보며 차라리 숨통을 끊는 자비를 베풀어주기를 온몸으로 호소하나, 그러면 정확한 실험 결과를 얻을 수 없으므로 그 청을 들어줄 리 없다.

이런 실험 결과는 병사들에게 지급해야 할 최소한의 안전장치 규모를 결정하고 군사 작전을 결정하는 데에 쓰인다. 이 같은 살육을 통해 쌓은 방대한 데이터가 우리 병사의 수명을 연장하는 데 조금이라도 도움이 된다면 좋겠는데, 우리와 각각의 기관 크기도 성분도 다르게 구성되어 있을 종족을 일부러 해쳐서 실험한다는 것이 과연 얼마나 정확하고 효과적이며 우리에게 적용 가능한지 의심스러운 구석이 없지 않으나, 지금까지 그렇게 해왔고 앞으로도 전쟁의 방식이나 양상에 격변이 일어나기까지는 이 방법이 쓰일 것이다.

그러니 그들에 비하면 너는 적당히 안락하며 보람되기까지 한 희생이라고 여겨주렴. 정확한 살상력을 자랑하는 폭발물을 탱크 한 대쯤 가뿐히 날릴 만큼 충분히 넣었단다. 일부 프로그램 오류로 인한 불발탄이 있다 해도, 그중 하나라도 적중하면 맞붙어 있던 다른 것들이 연쇄적으로 폭발하지. 너의 고통이 오래 지속될 가능성은 제로에 가깝다고, 내 약속하마. 나를 믿어주렴. 그리고 우리를 위해 이 업을 달성해주렴. 앞서 간 다른 모든 아이들과 마찬가지로, 1년에 하루 우리 부대에서 정한 기념일에 잊지 않고 묵념하며 너의 영면을 빌겠다.

간밤 좋은 꿈 꾸었니. 정말 너는 지금까지 겪어온 그 누구보다도 우수한 훈련생이다. 평소의 규칙에서 벗어난 시간인데도 기상 벨을 울리기도 전에, 네 어깨를 건드리기도 전에 이렇게 깨어 있을 줄 몰랐다. 네가 오늘 무엇을 해야 하는지 아는 모양이구나.

어제 내가 말하다 만 게 있지. 너를 처음 만났을 때. 그래, 너 또한 특별하지 않아야만 했다. 그러나 어쩌겠니, 너는 이미 내게 특별한데. 다른 개체들과 달리, 우리가 처음 만난 건 이 기지에서가 아닌데. 너는 태어났을 때부터 그 어미로부터 분양받아 우리 가족이 오랫동안 품고 키워온 아이인데. 세상 그 어떤 의심도 모르는 부드럽고 촉촉한 갈색 눈동자가 나를 올려다보고 앞으로 내밀어진 내 발을 핥았을 때부터, 모든 위험으로부터 너를 지켜주고 싶다고 생각했던 게 엊그제 같은데.

아무리 유기된 아이들이 많고 조직적으로 교배하여 개체 수를 늘리더라도, 사방이 지옥인 특수 상황에서는 그 무엇이든 공급난에 시달린다. 전쟁이 길어질수록 실험실의 동물들도 가능한 한 아껴서 최소한의 대조군을 두어야만 하지. 열 마리를 해칠 것을 여덟 마리, 네 마리, 마침내 두 마리로 줄여가면서. 그럼에도 불구하고 차출된 개체들의 규모에는 한계가 있어서, 마침내 민간 가정에서도 그들이 키우던 가족을…… 내놓아야만 하게 되었지.

전쟁 중에 모자란 것이 어디 동물뿐이겠니, 우리 병사들도 애당초 부족한 데다 꾸준히 죽어나가니 모집 나이와 신체 조건의 해당 범위를 대폭 조정하기에 이르렀고, 그러고도 모자라 지금은 몸이 불편한 자들도 완전히 못 쓰지만 않는다면 징집하는 형편이다. 취사병이나 무전통신병 같은 업무는 직접 나가 싸우는 게 아니니 말이다. 그렇게 병사는 간신히 모아놓고도 이번엔 그들에게 지급되어야 할 생필품이나 식량도 턱없이 부족하지. 그런 현실 조건 앞에서 모든 애정이나 감상은 무의미했다.

아버지가 보내온 편지에는, 너를 떼어 보낼 때 내 누

이가 울다 혼절했다고 적혀 있었다. 끝에는 누이가 절제의 미덕을 보이지 못해 미안하다는 추신도 붙었다. 나라고 너를 이런 데로 데려오고 싶었을 리가. 우리의 평화로운 내일을 위한 아름다운 희생이라는, 너는 언제나 가족이었으며 이후로도 우리 마음속에 살아 있으리라는 허울 좋은 말이, 막상 케이지 안에 다른 개체들과 한데 갇혀 배달된 너를 보는 순간 입 속에서 산산조각 나버렸다. 그동안 위기에 짓눌리고 상황에 중독되며 군령과 지시에 따라 많은 개체를 죽음의 길로 보내고서도 알지 못했던, 알아내지 않으려고 애썼던 감각이 너를 보자 비로소 수면 위로 떠올랐고, 수없는 죽음에 얽힌 통곡과 원망과 비난이 내 귓바퀴를 할퀴었다. 나는 이 죄를 씻지 못할 것이다. 네가 온 날부터 시작된 이 환청에서 영원히 벗어날 수 없을 것이다.

그러니 나는 어젯밤 내 목을 맬 질긴 노끈을 주머니에 감아 넣었고 이를 매달 튼튼한 나뭇가지도 물색해 두었으므로, 너는 이제 그 누구도 모르는 곳으로 멀리 달아나도 좋다. 아니 달아나야만 한다. 달리는 발에 한계가 있으니 부디 날아갔으면 좋겠는데, 신의 보살핌이 없이는 너나 나나 그런 일은 불가능하겠지. 우리는 모두 보잘것없음에 있어서만큼은 동일한 개체. 어차피 오늘 너의 임무가 차질 없이 끝난다고 해도 나는 이 일을 실행에 옮길 작정이었으므로, 설령 네가 도망간다고 하여 내가 군령 위반으로 문책당할 일은 없단다. 네가 폭사하는 걸 보고는 나도 더 이상 살아 있을 수 없다고 생각하며 준비한 노끈이지만, 반대로 네가 훨훨 멀리 날아가버리기라도 한다면 오히려 나는 기쁨과 안도를 간직한 채 세상을 등질 수 있지 않을까 한다. 물론 이로써 그동안 내가 죽음의 길로 몰아넣은 무수한 생명들에 대해 빚을 갚을 수 있으리라는 기대는 털끝만큼도 없다. 나는 그저 너 하나만을 놓아 보내고 싶을 뿐인 이기주의자다.

자, 시간이 없다. 늦어도 삼십 분 뒤에는 작전 명령이 떨어질 것이다. 지금 아무도 보는 자가 없을 때 할 수 있는 한 멀리 달아나라. 눈이 가려진 채 이곳에 온 네가, 멀리 떨어진 내 아버지와 누이의 집으로 다시 찾아가기는 어려울 것이다. 꼭 집이 아니더라도 이 세상 그 어딘가에서 새로운 만남을 찾는 행운이 부디 너와 함께하기를. 그곳에서는 전쟁도 다툼도 없는 평화로운 나날을 누리기를. 인간이 그 어떤 착취와 부역과 폭력에도 시달리지 않고 인간답게 산다는 게 어떤 것인지 알게 되기를. 그 어디서도 잊지 마라. 너와 같은 종족, 인간 모두는 이 세상에 온 이상 그럴 자격이 충분히 있다는 것을. 그리고 나와 같은 개는 잊어버리고 새로운 개를 주인으로 맞이하여, 이 개들의 세계가 반드시 생명에 대한 학살만을 일삼는 곳이 아니라는, 변명 같은 진실을 알아주기를. 너의 이름 오딘은 우리 개들의 오랜 신화 속에서 최고의 지위를 자랑하는 전사였으나, 지금 이 순간은 내가 사랑하는 단 하나 인간의 이름이다.*

* 전쟁터에서 탱크 폭발 작전에 이용된 개들과 실험용으로 학살당한 돼지 및 기타 포유류에 대한 자료는 『동물은 전쟁에 어떻게 사용되나?』(앤서니 J 노첼라 외, 곽성혜 옮김, 책공장더불어).

미래의 일생

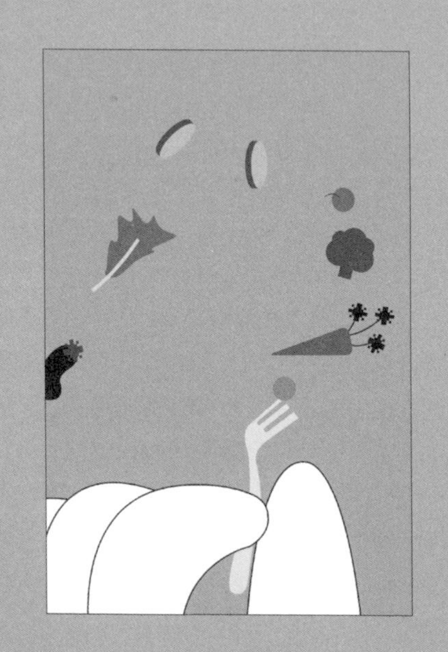

권지예

1997년 『라쁠륨』으로 등단했다. 소설집 『퍼즐』
『꽃게무덤』 『폭소』 『꿈꾸는 마리오네뜨』,
장편소설 『유혹』 『4월의 물고기』 『붉은 비단보』
『아름다운 지옥』 등이 있다. 이상문학상, 동인문학상
등을 수상했다.

“미래야, 엄마 다녀올게.”

미래는 나를 빤히 쳐다보다 고개를 돌린다. 소파에 오도카니 앉아 남향 베란다를 응시하고 있는 미래. 무얼 생각하고 있을까. 철학자처럼 항상 생각에 빠진 미래의 모습은 오늘따라 더없이 고독해 보인다. 가슴이 답답해온다. 나는 답답한 가슴 위로 코트 깃을 단단히 여미며 현관을 나선다.

상가 1층 카페에 지숙이 미리 와서 앉아 있다.

“여기까지 왔으면 집으로 올라오라니까. 차라도 편히 마시게.”

“나 미래 무서워서 못 가잖아. 그나저나 넌 생각보다 얼굴 좋네.”

“내가 뭐 얼굴이 아픈 건 아니잖아. 그리고 무섭긴.

너도 참 특이해. 우리 미래가 너를 더 무서워하겠다."

"특이한 건 너도 마찬가지야. 진작 남자랑 연애라도 하면 이럴 때 좀 좋아. 그래 날짜는 잡혔어?"

지숙이 걱정스런 얼굴로 묻는다.

"응. 일주일 후에……."

"너무 걱정하지 마. 다 잘될 거야. 근데 누가 돌봐주기로 했어?"

"미래?"

내가 우울하게 고개를 젓자 지숙이 소리를 질렀다.

야! 너 말이야, 너! 얘가 진짜! 지금 미래가 문제니? 누가 널 돌봐주냐고!"

"나야 간병인 쓰면 돼. 그런데 큰일이야. 우리 미래를 돌봐줄 사람이 없어서……."

"인애야, 내가 도움이 못 돼서 정말 미안하다. 너 알잖아. 내가 고양이를 얼마나 무서워하는지. 미래 어릴 때 너네 집에 갔을 때, 나 다리에 마비 와서 꼼짝도 못 했잖아. 너네 미래가 아무 짓 안 했는데도. 그 후로 내가 너네 집에 안 간 지 오래됐잖니."

안다. 잘 안다. 지숙이는 제일 친한 오랜 친구인데 고양이 공포증이 심하다. 고양이 사진만 봐도 놀라는 친구다. 그 친구가 그리스의 섬으로 놀러갔을 때 노천 식당에서 해물 요리를 시켜먹다가 어디선가 동네 고양이 열 마리가 테이블로 와서 포위하는 바람에 기절을 했던 일화는 유명하다.

"재작년에 쿠바의 아바나에 머물 때 숙소 까사의 현관문을 밖에서 열쇠로 여는데, 다리에 이상한 느낌이 있는 거야. 비쩍 마른 동네 길고양이가 내 맨다리를 핥아대고 있는 거야. 무슨 고양이가 개보다 더 개 같으니? 세상에 그 끔찍한 느낌! 소리도 안 나오고 겁에 질려 발만 구르고 있는데, 고양이가 물러서지도 않고 뚫어지게 나를 쳐다보고 울더라. 오오, 나를 제압하던 그 눈빛! 너무 공포스러웠어. 마침 주인이 문을 열어줘서 들어갔는데, 관광이고 뭐고 포기하고 집 안에만 있다 왔잖아. 고양이가 현관 앞에 맨날 죽치고 있어서."

"넌 쥐도 아닌데 왜 그리 무서워하는 거야?"

"쥐띠잖아."

"그럼 난? 너랑 동갑인데!"

우린 마주 보며 킥, 웃었다.

"그래 걱정은 걱정이다. 게다가 미래가 좀 도도하고 까칠하고 예민한 고양이니? 완전 집순이에다 나이도 많고."

"그 아이가 겁 많고 예민해서 환경이 바뀌면 스트레스를 엄청 받을 텐데. 그러다 죽을까 봐 걱정이야."

지숙이 나를 보며 한숨을 쉬었다.

"너 걱정이나 먼저 해. 고양이야 죽으면 호상이지. 개, 몇 살이지?"

"17년 됐어. 나한테 온 지. 사람 나이로는 여든도 넘은 나이라는데. 개는 한평생을 나와 보낸 거지."

"누가 잠시 맡더라도 좀 부담스럽겠다. 말하자면 성질도 까칠한 팔순 노인네를 떠맡는 거 같은 거 아냐."

"그래서 걱정이야."

지숙이 살며시 내 손을 잡았다.

"내가 승원이에게 한번 물어볼게. 기대는 하지 말고."

미래는 내 가슴으로 파고들어 갸르릉 소리를 내더니 드디어 잠들었다. 미래는 내가 침대에 누우면 항상 내 가슴으로 파고들었다. 내 왼쪽 가슴의 심장 박동 소리를 들으며 기분 좋게 잠들곤 했다. 내 몸 중에 가장 따스하고 폭신한 곳. 하지만 모레, 나는 이 가슴을 열고 암 덩어리를 제거하는 수술을 받을 것이다. 임파선에도 전이된 유방암 3기와 4기 중간. 더 이상 폭신하고 따스한 하얀 호빵 같은 유방은 존재하지 않을 것이다. 오늘이 어쩌면 미래와 마지막 밤이 될지도 모른다. 미래는 내일 여기서 옮길 것이고, 나는 죽을지도 모르니까.

미래의 머리를 가볍게 쓰다듬는다. 따스하다. 내가 17년간 이 아이와 체온을 나눠 가지지 못했다면 난 어떻게 생을 버틸 수 있었을까. 요 며칠 입원 준비와 집안 정리를 하는 내 모습을 보고 예민한 미래가 스트레스를 받았을까. 밥을 잘 먹지 않았다. 원래 유난히 곁을 주지 않는 도도함에다 입이 짧아 소식하는 천성을 가진 아이지만. 미래는 물건을 정리하다 멍하니 있는 나를 흘긋 쳐다보다 무언가를 생각하는 듯 창밖의 겨울 햇살을 오래 바라보았다. 혹시 그 영물이 무언가 눈치 채고 예감하는 건 아닐까.

"미래야, 너 무슨 생각해? 아유, 우리 철학자 미래."

일단 미래가 불안하지 않게, 내일 미래를 보내고 나서 정리를 하기로 했다. 지숙의 아들 승원이가 맡아준다고 해서 다행이었다. 어제 지숙이 전화했다.

"인애야, 내가 아들 며느리한테 사정했다. 너도 알다시피 내가 우리 며느리 별로 안 좋아하잖니. 걔가 작년에 시집오면서 지가 키우던 고양이를 데리고 왔잖니. 그 수컷 고양이가 얼마나 사나운지! 내가 아들 집에도 한번 못가. 장모는 딸과 키우던 그 고양이 보고 싶다며 우리 아들 집을 들락거리는데. 오죽하면 며느리의 전략인가 싶기도 해. 서운해서 요즘 말도 잘 안 하는데. 승원이한테 사정했더니 예은이에게 말했나 봐. 다음날 예은이가 전화했더라. 흔쾌히 돌봐주겠다고. 이럴 땐 고양이 집사 며느리가 있어 다행이다 싶더라. 그러니 걱정 말고 넌 맘 편히 수술 잘 받아."

어릴 때부터 봤던 승원이가 일요일인 내일 예은이와 함께 와서 미래를 데리고 가기로 했다. 나는 오늘 미래에게 설명했다.

"미래야. 엄마가 일주일 정도 병원에 입원해야 해. 엄마가 더 건강해져서 돌아올 거야. 그동안 아주 예쁜 젊은 아줌마가 너를 돌봐줄 거야. 그 집엔 친구 냥이도 있대. 착하게 잘 있다가 와. 엄마가 깊이 사랑해, 미래."

내 마음의 절박함이 전해진 걸까. 나를 바라보는 미래의 눈에 물기가 비치는 듯하더니 순하게 야옹, 하고 대답했다. 그나저나 미래가 잘 적응할까. 그 수컷 고양이가 얼마나 사나운지 모르지만. 가만 생각해보면, 미래가 젊었을 때, 한때 수컷 고양이와 동거를 한 적이 있었다. 평생에 단 한 번. 그런 것도 어쩜 주인을 닮는 걸까.

17년 전, 미래를 데려온 건 내가 이혼한 지 3년째 되던 해였다. 깊은 우울감과 무력감을 벗어나지 못해 정서적으로 힘들 때였다. 하루 종일 말 한마디 안 하다보니 입에서 군내가 풍겼다. 고양이 분양 카페에서 태어난 지 한 달도 안 된, 젖도 안 뗀 아깽이를 데려왔다. 이름을 나름 고심해서 지었다. 과거를 청산하고 밝은 미래를 살고 싶은 바람으로 미래라고 지었다. 아기 고양이 이름을 부를 때마다 형용사를 붙여서 불렀다. "예쁜 미래야!" "멋진 미래!" "에구! 우리 행복한 미래야!" 이름을 부를 때마다 마치 주문처럼 나의 미래도 예쁘고 멋지고 행복할 거 같았다.

미래는 무럭무럭 자랐다. 고양이 얼굴도 자세히 보면 사람 얼굴 같았다. 미래는 암고양이 치고 미모가 뛰어난 편이었다. 우아하고 도도한 매력은 볼수록 사람을 설레게 하는 데가 있었다. 무엇보다 미래는 자존심이 강하고 예민했다. 애교라고는 없지만, 마치 나의 내면을 꿰뚫고 있는 듯 천천히 눈을 꿈뻑이며 사려 깊은 눈빛으로 나를 응시할 때면, 마치 고양이가 친구처럼 느껴져 속 깊은 말도 털어놓게 되었다. 인간과 동물의 완벽한 교감을 꿈꾸며 행복했다.

그러나 1년이 채 안 되어 미래에게도 발정이 찾아왔다. 평소에는 잘 울지 않는데 교성 같은 울음소리를 내며 온몸을 꼬고 바닥에 비벼댔다. 도도하고 자존심 강한 미래는 완전히 딴 존재가 되어 내게 치대며 교태 어린 몸짓으로 유혹을 했다. 자신도 내가 왜 이러지, 하는 자존심 상한 얼굴을 하면서도 본성이 시키는 짓을 거부하지 못했다. 꼬리를 세우며 엉덩이를 올리며 걷다 자꾸 뒤돌아보며 나를 어둡고 구석진 장롱 안으로 유인했다. 그럴 때면 수코양이로 변신하지 못하는 내가 원망스러웠다. 그러다가도 발정이 가라앉으면 언제 그랬냐는 듯 새침해졌다.

그런 일이 반복되자 나는 중성화수술에 대해 생각해보기 시작했다. 사실 시기상으로는 첫 발정 시작 전에 했어야 했다. 하지만 무엇보다도 나는 인위적으로 어린 미래의 자궁을 적출하고, 본성을 억지로 막는 짓을 하고 싶지 않았다. 자연을 거스르고 싶지 않았다. 인간이

든 짐승이든 본성대로 살게 하고 싶었다.

나는 한 남자를 만나 사랑하고 결혼했지만 아이를 낳지 못했다. 아이 없는 무덤덤한 결혼 생활 7년이 지난 어느 날, 남편이 몰래 만나던 여자가 아이를 낳았다. 자연스레 남편의 사랑은 그 여자와 아이에게로 옮겨갔다. 그것도 자연의 순리라 생각했다. 남편의 이혼 요구에 순순히 응한 것도 그 때문이었다.

비록 어린 고양이지만 내가 그 생명의 본성을 꺾고 내 마음대로 할 수 있는 건가. 어쩌면 그 이면에는 어린 시절, 그 끔찍한 기억에 대한 속죄의식이 도사리고 있었는지도 모르겠다. 아버지는 늘 허리 통증과 신경통에 시달렸다. 할머니는 가끔 곤로를 지키고 앉아 솥에 무언가를 삶았다. 뭐냐고 물으면 곰국을 끓인다고 했다. 하지만 식구들에게 그 국을 차려내온 적은 없었다. 아버지에게만 주었다. 나중에 들으니 그게 묘탕이라고 했다. 아버지는 신경통에 민간 특효약이라 전해지는 고양이 탕을 먹었던 거다. 잊고 살았지만, 어린 미래를 보고 나서는 속죄의 기회가 주어진 것 같아서 마음이 차라리 홀가분했다.

미래는 목과 배 부분을 제외한 다른 부분이 검은 털로 덮인, 일명 '턱시도'라 불리는 평범한 코리안 숏 헤어 종이다. 내가 새끼에 대한 욕심이 있는 건 아니지만, 미래가 원한다면 수컷을 만나게 해 교미하여 번식하는 것도 자연스러운 일이라 생각했다. 아이를 낳아보지 못한 집사의 대리만족이라 해도 할 말은 없지만.

말 못하는 짐승의 발정에는 생명 있는 것들의 애틋한 슬픔이 느껴졌다. 미래가 발정이 나면 나는 안타까운 마음으로 몸을 쓰다듬어 주거나 주의를 돌리는 놀이로 그 아이를 곯아떨어지게 했다. 몸이 외로울 때면 내가 노동과 운동으로 내 몸을 더 혹사하는 것처럼.

그렇게 2년쯤 지나고 지인에게서 1년쯤 된 수컷 고양이 한 마리를 데려왔다. 미래보다는 어린 고양이었는데, 순돌이라 불리는 그 녀석은 활발하고 성격 좋고 붙임성 있는 '개냥이'였다. 나는 좋은 신랑을 구해서 결혼시키는 엄마의 마음으로 둘의 행복과 자손의 번성을 기원했다.

하지만 그 기대는 조각나기 시작했다. 순돌이는 제 성격대로 강아지처럼 나를 졸졸 따라다니며 귀염을 떨었다. 미래에게도 반갑게 다가가지만 미래는 송곳니를 드러내며 무섭게 위협했다. 시간이 지나자 순돌이가 가만히만 있어도 미래가 어느 순간, 득달같이 달려와 공격을 했다. 둘의 애정은커녕 집안의 평화와 안전이 불안해졌다. 무엇보다도 미래는 합방을 거부했다. 수컷이 다가오면 예민하고 포악해졌다. 원수도 그런 원수가 없었다. 순돌이는 미래를 점점 피하고 나만을 쫓아다녔다. 그럴 때면 미래는 송곳니를 드러내며 내게도 으르렁댔다. 심지어는 나를 물기까지 했다. 내 사랑을 뺏길까 봐 겁이 난 미래의 처절한 질투인지. 미래는 내게 눈길조차 주지 않고 밥도 잘 먹지 않고 여위어가기만 했다.

그러다 사달이 났다. 그 무렵은 여동생네가 캐나다 이민을 가기 전이라 가끔 두 조카가 놀러오곤 했다. 조카들은 활발한 순돌이를 좋아했다. 미래는 순돌이를 데리고 노는 조카들의 꼴이 보기 싫은지 모른 체하고 도도하게 창밖만 바라보고 있었다. 작은 조카애가 미안했는지 미래를 안아주려고 다가가 쓰다듬자 갑자기 아이의 얼굴을 할퀴고 뺨을 물어뜯었다. 말리려는 큰조카의 손까지 물어 응급실로 가느라 정신이 없었다. 아홉 살 여자애의 얼굴을 열두 바늘이나 꿰맸다. 의사는 아마도 흉터가 깊어 나중에 성형수술을 해야 할 거라 했다. 여동생이 나를 외면하고 눈물을 흘렸다. 집에 돌아와보니 바닥이 엉망이었다. 순돌이의 목덜미에서 피가 나와서 바닥을 적시고 있었다. 너네들 도대체 왜 이러니? 나는 바닥에 주저앉아 울음을 터트렸다. 사람이라면 둘을 불러다 대화라도 해보지.

그 이후 둘을 격리시킬 수밖에 없었다. 베란다에 순돌이를 가두었다. 짐승은 암수만 있으면 당연히 교미하는 줄 알았다. 오죽하면 짐승처럼 붙어먹는다는 말이 있을까. 그러나 미래는 연하남 순돌이가 그렇게도 마음에 안 들었단 말인가. 수컷을 거부하는 미래의 감정을 나는 이해하지 못했다. 미래에게는 확고한 취향, 어쩌면 신념 같은 게 있는 걸까. 독신 고양이로 살겠다는?

결국 할 수 없이 순돌이를 내보낼 수밖에 없었다.

그렇게 미래는 순돌이와 이혼(?)하고 계속 독신을 유지했다. 이후로도 오랫동안 발정에 시달렸고 나도 의무처럼 그걸 함께 견뎌냈다. 언젠가부터 미래가 발정하지 않고 평화로와졌다. 미래에게 갱년기가 왔던 것인지. 쉰네 살의 나처럼. 이제 미래는 늙고 기운 없고 조용하다. 내 옆에서 한평생을 보낸 미래는 내게 정절을 지킨 걸까. 차라리 일찍 중성화수술을 시켜줬으면 어땠을까. 자연스러운 본성, 그런 생각은 나의 오만이었을까. 내가 인간의 관점에서 미래의 감정과 고통을 어찌 이해할 것인가.

생각해보면 미래나 나나 짠한 일생이다. 암에 걸린 쉰네 살의 나는 지금 인간의 나이로 여든이 넘는다는 17년산 고양이의 죽음을 걱정하고 있다. 내 인생에서는 적어도 이 아이의 죽음만큼은 내가 거둘 수 있으리라 생각했다. 그래서 나는 미래가 죽은 후 혼자 남은 내 여생을 누가 반려할지 가끔 상상해보곤 했다. 반려묘보다 더 적극적인 반려견이 나을까. 그런데 지금은……. 나는 미래보다 오래 살 수 있을까. 혹시라도 내가 먼저 죽고 나면 저 애는 어찌 될 것인가. 병원은 물론 낯선 곳을 두려워해서 평생 18평의 아파트 밖으로는 거의 나가

본 적 없는 생을 살았던 미래. 미래의 일생은 행복했던 걸까. 그리고 나의 일생은? 미래와 나의 미래는 어찌 되는 걸까. 이 밤이 제발 마지막 밤이 되지 않기를…….

미래가 가슴을 파고든다. 가슴이 먹먹해진다.

살아 있는 건 다 신기해

김봄

2011년 민음사 『세계의문학』으로 등단했다.
소설집 『아오리를 먹는 오후』가 있다.
한국예술종합학교, 동덕여자대학교 등에 출강 중이다.

시장에 다녀온 사이 거실 풍경이 달라져 있었다. 나를 제외한 가족 구성원들끼리 작당한 결과였다.

처음에는 보리 혼자서 징징대며 며칠을 졸라댔었다. 며칠 지나니 연화까지 덩달아 떼를 썼다. 나는 완강히 아이들의 청을 거절했다. 살아 있는 것을 돈을 주고 산다는 게 마뜩잖았고, 쥐과科의 동물을 집 안에 들이는 게 왠지 싫어서였다. 쥐꼬리를 잘라서 학교에 갖다 내던 학창시절을 보내지는 않았지만 자라면서 나는 곧잘 팔뚝만 한 쥐들을 보곤 했었다. 쥐가 내게 직접적인 위해危害를 입힌 적은 없었지만 나는 매번 화들짝 몸서리를 치며 놀랐었다. 공포와 혐오가 섞인 놀람이었다. 좀 더 극단적으로 말하자면 나는 남편이 쥐띠인 것도 가끔은 못마땅했다. 남편이 미워서 그런 건지, 쥐가 싫어서 그런 건지는 잘 모르겠지만. 하여튼, 그런 마당에 진짜 쥐를 집에 들일 수는 없었다. 아이들은 엄마가 생각하는 그런 쥐가 아니라고 짹짹거렸지만 나는 받아들일 수 없었다. 마트에서 파는 햄스터라니, 가당치도 않았다. 보리가 친구 집에서 봤던 햄스터 이야기를 하며 여러 번 '햄스터'란 글자를 입으로 발음했을 때, 내 머릿속에는 사육장 안에 갇힌 채 쉬지 않고 새끼를 밀어내고 있는 힘 빠진 어미 햄스터가 먼저 떠올랐다. 연년생으로 연화와 보리를 낳을 때 겪었던 일들이 머릿속에 파노라마로 지나갔다.

마침 내가 없는 일요일 오후, 보리와 연화는 며칠 귀가가 늦었던 남편을 공략했고 아이들과의 약속을 몇 번이나 깬 적이 있었던 남편은 아이들의 간청을 외면할 방법이 없었을 것이었다. 남편은 아주 값싸게, 그간 잃었던 점수를 한 방에 만회한 것이다.

거실에는 두 개의 케이지와 두 마리의 금빛 햄스터가 있었다. 흑콩 같은 두 눈이 박힌 머리가 산만하게 움직였다.

"기어이 일을 냈구만."

나는 혀를 차며 오래간만에 옹기종기 모여 앉은 부녀지간을 쳐다봤다. 나는 생명 예찬론자도 아니고, 동물 애호가도 아니고, 환경 운동가는 더더욱 아니지만, 살아 있는 것에 대한 일말의 책임감을 가지고 있는 인간이었다. 아이들이 살아 있는 것을 너무 쉽게 생각하지 않았으면 좋겠다고, 그래서 햄스터를 사주는 것은 좋은 방법이 아니라고 몇 번이나 남편에게 신신당부를 했었는데, 남편에게는 내 부탁보다 아이들에게 잃었던 신뢰를 만회하는 것이 우선이었을 것이다. 남편은 아이들과 똑같이 햄스터 앞에 쪼그리고 앉아서 입을 헤벌리고 햄스터를 구경하고 있었다.

"당신 정말!"

"이천 원을 주고 산 거야, 단돈 이천 원."

남편은 눈을 찡긋거렸다.

보리가 제 손바닥을 내게 내밀며 금빛 털이 반짝거리는 햄스터를 보여줬다. 내가 머릿속에 떠올리던 쥐와 같은 형상은 아니었지만 그렇다고 손바닥에 올려놓고 쓰다듬을 정도로 귀엽게 느껴지지는 않았다.

"엄마, 정말 신기하지? 앞발을 모아서 인사하는 거 같아."

"나는 네 아빠랑 너희들이 더 신기하다. 살아 있는 건 하여튼 죄다 신기해."

나는 더 할 말이 없었다.

"쥐가 아니라니까. 자세히 보면 꽤 귀여워. 한번 만져보라니까. 그렇게까지 이상하지 않다니까."

남편은 좋은 건지, 미안한 건지 실룩실룩 연신 미소를 지어 보였다.

"보리, 연화! 너희 둘이 끝까지 책임져야 해, 알겠지?"
아이들은 내 말에 건성으로 대답했다. 둘 다 햄스터를 보느라 정신이 없었다.
나는 방 안으로 들어가 침대에 누웠다. 천장에 박힌 네모난 등 박스 안에는 죽어 가라앉은 곤충들이 가득했다. 그걸 보고 있자니 괜한 피로감이 몰려왔다. 나는 눈을 감고 천천히 숨을 골랐다.
그때였다. 와앙, 하는 소리가 나더니 보리가 배를 까뒤집고 생떼를 쓸 때나 나올 법한 울음소리가 들렸다. 학교 들어간 후로는 이렇게 우는 일이 없었다. 나는 몸을 튕기듯 일어나 거실로 달려 나갔다.
일은 이랬다. 보리와 연화는 자신들의 햄스터를 손에 쥐고 쓰다듬고 놀고 있었는데 보리가 잠시 화장실을 다녀온 사이 연화가 보리의 햄스터가 소파 위에 있는지 확인도 않고 앉는 바람에 보리의 햄스터가 연화의 엉덩이에 한쪽 다리가 깔리고 말았던 것이다.
남편은 망연자실한 표정으로 햄스터를 손바닥 위에 올려놓고 뒷다리를 만져댔다. 다행히 죽은 것처럼 보이지는 않았지만, 뒷다리는 뭔가 문제가 생겼는지 축 처져 있었다. 나도 모르게 다리가 저릿했다. 남편이 들어올린 햄스터 뒷다리가 힘없이 아래로 떨어지자 잠시 울음을 멈추고 울먹울먹하던 보리는 진짜 거실 바닥에 배를 드러내고 앙앙 소리를 내며 울기 시작했다. 울기 위해서 우는 것이기 때문에 저걸 막을 방법은 없었다. 잠든 사람을 깨우는 것보다 잠든 척하는 사람을 깨우는 게 훨씬 어려운 법이었다.

"일어나, 새로 사줄게."

남편이 보리의 등에 손을 넣어 몸을 일으켜 세우려 했다.

나는 너무 어이가 없어서 남편의 등짝을 후려쳤다.

"지금 뭐라는 거야. 이게 사고 말고 할 문제야!"

나는 눈에 칼을 품고 남편을 노려봤고 남편은 슬쩍슬쩍 눈길을 피했다. 두 손 안에 자신의 햄스터를 고이 받들어 들고 있던 연화도 나의 눈치를 살폈다. 나는 연화의 손에 있던 햄스터를 옮겨 받아 케이지 안에 집어넣었다. 손도 대지 못할 것 같았는데, 너무 화가 나니까 그까짓 거 아무 문제도 되지 않았다.

여전히 보리는 팔다리를 버둥거리며 울음소리를 냈다. 눈물은 진작 말랐지만 아무도 제 울음에 반응을 보이지 않자 헛손질, 헛발질을 하고 있는 것이었다. 학교 들어가기 전에 저 버릇을 다 고쳤다고 생각했는데 그건 내 착각이었다.

나는 가까운 동물병원에 전화를 걸었다.

"거기 동물병원이죠? 네, 저희 집에 햄스터가 있는데요, 그게 어디에 좀 깔려서요. 아, 그래요?"

나는 그 이야기를 하며 연화를 찌릿 째려봤다. 연화

는 입을 삐쭉 내밀며 불만을 표했지만 그게 다였다. 내가 전화를 끊자 누워 있던 보리가 벌떡 몸을 일으키고 앉아 내 입을 주시했다.

"이렇게 작은 동물은 봐주지 않는대."

내 말에 보리는 다시 으앙, 하는 울음을 울었다. 헛발질을 하는 줄 알았는데 제 언니의 발을 향해서 마구 발을 뻗어댔다.

남편도 몇 군데 전화를 걸어봤지만 마찬가지였다.

"햄스터는 동물도 아니었어."

남편은 난감한 표정을 지으며 머리를 긁적였다.

나는 보리를 안아 일으켰다. 버둥거리기에도 지친 모양인지 내 품에 안겨 들어왔다.

"여기 이런 데가 있네."

한참 검색을 하던 남편이 휴대전화 화면을 내보이며 말했다.

소형 동물 전문 동물병원이었다. 연신내라면 못 갈 거리도 아니었다.

운전은 남편이 했다. 햄스터를 케이지에 넣어서 이동하자고 했지만 보리는 한사코 제 두 손 안에 둬야 한다고 우겨댔다. 차가 흔들릴 때 케이지 안에서 구르게 되면 햄스터가 너무 아플 거라는 게 이유였다. 듣고 보니 또 그럴 것도 같았다. 보리는 방배동에서 연신내로 향하는 내내 두 손을 기도하는 사람처럼 내밀어 공손하게 받들었다. 금빛 털을 가진 작은 동물도 그걸 아는지 모로 누워 숨을 할딱였다. 볼록하게 솟은 몸통 가운데가 콩콩콩콩 박자를 타듯 흔들렸다.

"아빠, 빨리 달려, 이러다 죽으면 어떻게 해!"

보리가 다시 울먹였다. 남편은 나름 최선을 다하고 있었지만 보리는 만족스럽지 않은 모양이었다.

내비게이션에서 사십 분 이상 걸리는 거리로 안내받은 거리를 남편은 이십구 분 만에 주파했다. 남편이 동물병원 문 앞에 차를 세우자 나와 아이들은 일사분란하게 차 밖으로 나갔다.

딸랑. 문에 붙은 종이 울리자 안에서 연하늘색 수술복을 입은 수의사와 간호사 둘이 뛰어나왔다. 그들은 나와 연화를 지나쳐 보리 앞으로 곧장 달려갔다. 이미 보리의 두 손안에 받쳐진 햄스터를 본 것이었다.

"우리 아기, 우쭈쭈, 얼마나 아팠어요?"

수의사는 보리의 손 위치까지 몸을 낮추고는 햄스터를 살폈다. 그리고 아주 조심스레 보리의 손에서 햄스터를 옮겨 받고는 보리가 연화를 흘겨보며 사건 경위를 말하는 동안 라텍스 장갑을 낀 손으로 축 처져 있는 햄스터의 뒷다리를 살폈다.

"뼈가 부러진 것 같아요. 정확한 건 엑스레이를 찍어봐야 압니다."

"그럼 찍어주세요. 빨리 낫게 해주세요."

보리는 두 손을 모아 비는 것처럼 간청했다.

"그런데 말입니다."

눈매가 선하게 처진 수의사는 햄스터를 진찰대에 내려놓고 말했다. 간호사들은 뭔가를 준비하려는 듯 뒤로 빠져 나갔다.

"이게 엑스레이를 두 장을 찍어야 하는데요. 그래야 어디에 골절이 있는지 확인할 수 있거든요. 그런데 그게 한 장에 칠만 원이라서요."

수의사의 말을 들은 보리와 연화 그리고 남편까지 일제히 나를 돌아봤다.

"어머님이 결정하셔야 하겠는데요."

입에 침이 바싹 말라 들어갔지만 뭐 어쩔 수가 없었다.

"찍어주세요. 그런데 말이에요."

몸을 돌리던 의사가 내 말에 다시 나를 돌아봤다.

"저렇게 작은 애한테 필름 한 장을 다 쓰지는 않죠? 그 한 장으로 두 번 찍어주시면 안 되나요?"

멋쩍었지만 그런 말이 나오고 말았다. 내 표정은 내가 보지 않아도 무척이나 비굴해져 있을 게 뻔했지만 어쩔 수 없었다.

수의사는 아래턱이 복숭아씨처럼 뭉쳐지도록 잠시 고민에 빠진 표정을 지어 보였지만 이내 그렇게 해보겠다고 흔쾌히 내 청을 들어주었다.

그렇게 해서 내 생전 처음으로 햄스터가 찍은 엑스레이를 구경하게 되었다. 간호사들의 손에 잡힌 앞뒤 다리가 적나라하게 엑스레이에 찍혀 있었다.

수의사는 사람들이 골절했을 때와 마찬가지로 부목을 대고 드레싱을 해주었다. 그리고 뼈가 빨리 붙기 위해서는 약을 먹여야 한다며 소형 동물용 젖병과 물약을 챙겨줬다. 진료비와 검사비, 그리고 약값까지 구만 원 돈이 들었다. 두 배로 들어갈 수도 있는 걸 그나마 사진을 나눠 찍어서 줄인 것이었다.

"매일 약을 먹여야 해. 네가 잘할 수 있지?"

수의사는 보리와 눈을 맞추고 말했다.

"네, 그렇게 할게요."

보리는 대단한 임무를 부여받은 사람처럼 얼굴에 잔뜩 힘을 줘가며 대답했다.

"그리고 이동할 때는 꼭 케이지에 넣어서 다녀야 해. 안전하지 않거든. 갑자기 경적 소리가 나거나 하면 놀라서 도망갈지도 몰라. 그럼 영영 찾지 못할지도 모르고."

수의사는 보리의 어깨를 살짝 잡았다 놓아주었다.

나와 남편은 수의사에게 고개를 숙이고 인사를 했다.

"감사합니다. 보통 이런 경우 죄다 갖다 버리시거든요."

"당연한 걸요. 살아 있는 걸 어떻게 버리나요, 끔찍하게. 아무튼 감사합니다."

남편이 나서서 처음부터 자기 생각이었던 것처럼 악수를 건넸다.

깁스를 한 햄스터를 본 것은 모두가 처음이었다. 보리는 케이지를 눈높이까지 올려서 여러 번 햄스터를 뚫어지게 바라봤다. 연화에 대한 화도 어느 정도 풀렸는지 둘은 재잘거리며 둘만의 대화를 이어갔다.

우리는 차에 싣고 갔던 케이지에 보리의 금빛 햄스터를 집어넣고 집으로 향했다.

저녁을 먹고 보리는 햄스터를 왼손으로 잡고 젖병을 물렸다. 코를 들썩이며 실리콘 젖꼭지를 탐색하던 햄스터는 이내 입에 젖꼭지를 물고 빨아댔다.

"엄마, 햄스터가 약을 먹어."

보리는 신기한 듯 내게 제 손안에 있는 햄스터를 보여줬다. 꼭 아이를 수유하는 것처럼 한 손으로 받치고 젖병을 물리고 있었다. 금빛 햄스터는 성한 앞발로 젖꼭지를 부여잡고 오물거리듯 물약을 빨아먹었다. 살아 있는 건 다 신기했다.

햄스터는 다음날부터 젖꼭지를 빨지 않았다. 보리와 연화가 두 손을 모아 입을 벌리려고 해도 되지 않았다. 나는 도저히 잡을 수 없다고 고개를 저었고 약을 먹이는 일은 남편에게 돌아갔다. 남편은 보리가 그랬던 것처럼 오른손에 젖병을 들고 왼손으로 물약을 먹이려고 했지만 햄스터는 움직이지 않았다.

"애 봐, 애 봐. 앞발로 지금 젖병을 밀고 있어."

"진짜?"

"응. 와, 이 녀석 힘센데."

남편은 햄스터의 머리를 좀 더 젖병 앞으로 밀었다. 그러자 햄스터는 고개를 좌우로 팩팩 돌려가며 결사적으로 물약을 거부했다.

"하루 먹어보더니, 이제 이게 약인 줄 알았나 봐."

남편은 그대로 햄스터를 케이지에 넣어주었다.

"세상에, 애 지금 설마 약이 쓰다는 거 아는 거야?"

당연한 것인데도 너무나도 신기했고, 너무나도 충격적이었다.

"당연하지, 엄마. 애네들 약에 딸기 맛 같은 게 있을 리가 없잖아."

연화가 내 옆구리를 툭 치며 말했다.

"우리 뚱이, 먹이에 뭘 좀 뿌려줘야 하나."

"갖다 버리자고 할 때는 언제고, 이제 뚱이래."

내가 핀잔을 줬지만 남편은 아랑곳 않고 몸을 낮추고 케이지 안의 햄스터에 눈을 맞췄다.

"다리가 저래서 얼마나 답답할 거야."

"근데, 아빠 왜 뚱이야."

"귀엽지 않아? 우리 보리 태명이 뚱이었는데."

"난 앨리스로 하고 싶은데."

"앨리스는 또 뭐야, 걔 한국에 살고 있잖아."

남편과 보리가 케이지 앞에서 나란히 턱을 괴고 햄스터를 들여다보며 대화를 나눴다.

퐁당

김서령

2003년 『현대문학』으로 등단했다.
소설집 『작은 토끼야 들어와 편히 쉬어라』
『어디로 갈까요』, 장편소설 『티타티타』 등이 있다.

정말이다. 그때 서하동에서는 내가 제일 예뻤다.

엄마는 노랗고 동그란 유치원 베레에 어울리도록 갈래머리를 낮게 묶어주었고 흙장난이나 땅따먹기 따위에 관심이 없었던 나는 마당에 내어놓은 평상에 앉아 혼자 그림책을 보거나 마론인형의 머리를 빗어주었다. 어디 예쁘기만 했을까. 나는 귀도 밝았다. 양쪽에 여섯 집씩 앉은, 모두 열두 집이 선 좁은 골목이었다. 동네 아버지들이 퇴근할 무렵이 되면 나지막한 지붕들 위로 주홍색 노을이 번졌고 어느 집에선가 청국장을 섞어넣은 된장찌개 냄새가 났다. 어느 집에서는 갈치 굽는 냄새가 났고 어느 집 아줌마는 마당 텃밭에서 상추를 뜯고 고추를 땄다. 상추와 고추에서도 냄새가 났는지는 잘 모르겠다. 아무튼 냄새들 사이로 동네 아버지들이 자글

자글, 자전거 바퀴 구르는 소리와 함께 돌아왔다. 나는 모두 열두 대의 자전거 구르는 소리 중에서 아버지의 자전거 소리를 완벽하게 골라냈다.

"아빠다!"

평상에 앉았다가도 마루 끝에 앉았다가도 나는 아버지의 자전거 소리를 알아채자마자 슬리퍼를 꿰어신고 대문 밖으로 달려나갔다.

"귀가 새 거라서 그래. 먼지 하나 안 앉은 말짱 새 거거든. 그러니 저렇게 소리를 잘 알아듣지."

엄마는 그렇게 말했다. 하긴, 정말 새 거였겠다. 고작 여섯 살이었으니.

아버지가 주홍색 노을 진 하늘을 수십 조각으로 갈라놓은 전깃줄 아래 자전거를 세워두면 나는 자전거 뒷자리에 매달린 아버지의 도시락 가방을 집어 들었다. 모서리가 다 해진 가죽 도시락 가방 안에는 사발면 한 개씩이 늘 들어 있었다. 공장에서 오후 간식으로 한 개씩 나누어 주는 사발면을 아버지가 나를 위해 챙겨오는 거였다.

엄마는 물에 살짝 헹군 짠지를 잘게 썰어 참기름에 무쳤고 밥상머리에 앉으면 마루의 괘종시계가 딱 일곱 번 종을 쳤다. 찬물에 밥을 말아 짠지 한 조각 올려먹던 서하동의 저녁 시간. 밥 대신 사발면을 먹겠다고 우겨보지만 엄마에게는 씨알도 안 먹히던 그때. 내 이름은 서하였다. 서울시 서하동 서하유치원에 다니는 박서하.

어느 날 아버지는 사발면 대신 도시락 가방에 토끼를 넣어왔다. 믿을 수 없을 만큼 작고 귀여운 토끼 두 마리였다. 얼마나 작았냐면, 한 달쯤 키우다가 길고양이에게 물려 죽었을 때 200밀리짜리 우유팩에 토끼를 넣어 딸기밭에 묻어줄 정도였다.

"아빠! 토끼가 어떻게 아빠 가방 안에 있어?"

너무 놀라 나는 말을 더듬었다.

"우리 서하랑 친구하라고 아빠가 데려왔지!"

아버지는 창고에서 낡은 새장을 꺼내왔고 그 안에 토끼 두 마리를 넣었다. 가끔씩 마당에 풀어놓기도 했는데 딸기밭과 채송화밭을 뛰어다니는 토끼들을 볼 때면 그 광경이 하도 그림 같아 혼자 우아우아 탄성을 지르곤 했다. 한 마리가 고양이에게 물려 죽은 뒤에도 나는 슬픔에 빠질 겨를이 없었다. 아버지는 그날 저녁 퇴근길에 토끼 한 마리를 새로 데려왔다. 옆집 꼬마가 우리 집 토끼를 부러워하자 옆집에도 토끼 두 마리를 가져다주었고 뒷집 아줌마는 손 갈 일이 많다고 고개를 도리도리 내저었는데도 아버지가 토끼들을 데려다주었다. 급기야 온 골목 아이들이 모두 토끼를 키우게 되었다.

나중에야 알았지만 토끼들은 아버지가 다니던 공장에서 태어난 녀석들이었다. 돈도 벌 만큼 번 늙은 사장은 철공소를 이제 그만 자식들에게 물려줄까 고민도 했지만 자식들은 하나 같이 야무진 데가 없었다. 늙은 사장은 시끄럽고 황량한 철공소가 매일매일 싫어졌다. 마냥 넓기만 한 철공소 마당에다 쓸데없이 나무들도 사다 심고 어울리지도 않게 벤치며 테이블도 곳곳에 놓았다. 그걸로는 성에 차지 않아 시멘트 바닥을 모조리 깨부수고 잔디를 심었다. 백여 명의 공장 직원들은 사장의 우울증을 걱정했다. 이러다 폐업이라도 해버리면 어쩌나.

"공장에서 토끼를 키워보면 어떨까요? 우리 공장은 마당도 넓으니까요."

의견을 낸 건 아버지였다. 늙은 사장의 얼굴이 한순간 밝아졌다.

잔디도 깔아놓고 나무도 심어놓은 넓은 마당을 마치 숲처럼 뛰어다니는 토끼들을 상상하며 사장은 당장 토끼를 사들이라 설레발을 쳤다. 아버지는 토끼 스무 마리를 사 날랐다. 이후에 일어날 일들은 상상도 못하고.

아버지는 토끼가 그렇게 새끼를 많이, 그리고 빨리 치는 동물인 줄 미처 몰랐다. 공장 분위기가 좋아졌다고 신이 났던 사장과 직원들은 몇 달 사이 홀랑 넋이 빠지고 말았다. 공장을 드나드는 트럭에 치여 하루에 토끼가 열 마리씩 죽어나가도 토끼의 숫자는 무서울 만큼 불어났다. 직원들은 또 다시 늙은 사장의 우울증이 도

질까 봐 슬그머니 공장 대문을 열어놓았다. 공장 근처 도로마다 로드킬 당한 토끼의 사체가 널브러졌고 주민들의 민원이 빗발쳤다. 직원들은 퇴근을 할 때마다 도시락 가방 안에 토끼들을 넣어갔다. 근처 식당에 토끼를 가져다주고 회식을 토끼고기로 했다. 치킨집에도 토끼를 가져다주고 치킨양념을 발라 맥주를 마셨다. 토끼를 잡는 수고비를 얹어주어야 했기 때문에 회식을 하는 직원들은 내내 투덜거렸다. 농약을 친 줄도 모르고 케일 이파리를 한 보따리 얻어와 골목 토끼들에게 다 돌린 동네 할머니 때문에 골목의 토끼들이 한꺼번에 다 죽어버렸을 때에도 꼬마들은 별로 울지 않았다. 다음날이면 우리 아버지가 토끼를 또 데려다줄 것이기 때문이었다. 신선한 기획으로 칭찬 받던 아버지는 주눅든 어깨를 제대로 펴지도 못했다.

"공장에 무슨 일 있어? 왜 그래?"

손톱 끝으로 콩나물 꼬리를 탁탁 끊어내며 엄마가 물었다. 저만치 날아가는 콩나물 꼬리를 하나씩 집어내며 아버지는 한숨을 쉬었다.

"토끼 때문에……."

한심해하는 기색이 역력했지만 엄마는 욕도 못하고 콩나물 소쿠리를 들고 일어섰다.

"내가…… 공장 그만두면 안 되는 거겠지?"

고함을 빽 지르고 싶은 걸 겨우 참으며 엄마는 부엌

으로 사라졌다. 내가 유치원을 졸업할 즈음이 되어서야 아버지는 더 이상 토끼를 도시락 가방에 넣어오지 않았다. 그제야 토끼가 다 사라진 모양이었다.

서하유치원을 졸업하는 일은 조금 서러웠다. 노랗고 동그란 베레와 케이프, 그리고 노란 멜빵 반바지를 더 입을 수 없었기 때문이다. 하얀 타이즈를 신고 그렇게 노란 차림을 하면 정말 귀여웠는데. 엄마는 원복을 곱게 개어 뒷집 아이에게 물려주었다.

"다락 궤짝 안에 넣어두면 안 돼? 나중에 입고 싶어질지도 모르잖아."

나는 칭얼거렸다.

"넌 이제 키가 훨씬 더 클 거야. 엉덩이에 바지가 꽉 끼면 얼마나 밉겠어?"

빨간 모직 재킷에 곤색 스커트를 입고 입학식에 가는 나를 쳐다보며 아버지는 더는 귀엽지 않은 내 모습에 실망한 것이 틀림없었다. 갈래머리도 할 수 없도록 깡똥하게 잘라버린 단발머리도 밉기만 했다. 울어버리고 싶었지만 학교엘 가는 첫날부터 그럴 수는 없었다. 시시하긴 했지만 받아쓰기 연습도 해야 했고 산수 숙제도 매일 있었다. 방바닥에 엎드려 연필을 굴리다보면 어느새 잠이 들었고 그러다보면 주홍색 노을이 지는 것도, 동네 아버지들이 돌아오는 것도 놓치기 일쑤였다. 전깃

줄 사이로 박쥐가 나는 광경도 잘 보지 못했다. 덩치가 커진 마지막 토끼 한 마리가 마당을 느리게 뛰어다녔지만 눈길을 자주 주지는 않았다. 키가 커지면 다들 안 예뻐지고 사랑도 덜 받는다는 것을 알아버린 일곱 살이었다.

나는 내가 그다지 예쁜 소녀로 자라지 않았다는 점에서 꽤나 큰 충격을 받았지만 주변 사람들은 그저 심상하게 받아들이는 듯했다. 엄마와 아버지조차 그랬다. 그들은 하나도 슬프지 않은 모양이었다. 세상의 예쁜 꼬마들은 대부분 평범하게 자랐고 한글을 36개월에 깨우치건 여덟 살에 깨우치건 결국에는 누구나 읽고 쓸 줄 알았고 열 살이 지나자 아무도 노래나 춤을 시키지 않았다. 수재까지는 아니었으나 그냥저냥한 성적으로 나는 대학을 졸업하고 방송국에 입사했으며 TV 동물 프로그램의 연출을 10년이나 했다. 그러는 동안 동물병원 의사를 백여 명쯤 만났다. 그리고 그 중 한 명과 연애를 했다.

"연구소 생각 중이야, 진지하게."

J는 뜨거운 정종을 후후 불어 마시며 말했다.

"연구소? 그런 덴 싫다며?"

"별 수 없잖아."

J의 동물병원은 사정이 조금 심각했다. 두 블록쯤마

다 동물병원이 있었고 임대료는 따박따박 올랐다. 진료기기 할부금도 잔뜩 남아 있었다.

"다른 병원에 취직을 하는 건 어때?"

내 말에 J가 쓴웃음을 지었다.

"딴 덴 잘 될 거 같아? 다 똑같지."

J를 만난 건 내가 만드는 프로그램 때문이었고 그가 방송에 출연하는 동안 병원의 매출은 잠깐 올랐다. 연애를 시작하면서 나는 J를 섭외 대상에서 제외시켰다. 그건 좀 찜찜한 일이었으니까 말이다. 아쉬운 티를 한 번도 내지 않았던 J였지만 이런 식으로 몇 달을 더 간다면 내 옷자락이라도 붙들고 출연시켜달라 조를지도 몰랐다.

"그렇다면 뭐…… 연구소에 들어가는 것도 나쁠 건 없으니까."

"나빠."

뭐야. 진지하게 생각 중이라더니. 나는 뜨악해져서 J를 바라보았다.

"연구소 가면 안락사…… 지치도록 해야 해. 그거 정말, 나는 이제 싫어."

그렇겠지. 실험을 끝낸 동물들을 안락사시키는 일. 피할 수 없겠지. 하지만 J는 이미 잊혀진 방송 출연자였다. 연출자의 애인이라는 것을 스태프 모두가 알고 있는데 대단한 명분도 없이 다시 불러들일 수는 없었다. 나는 그렇게 뻔뻔한 사람이 아니었다.

"개원하기 전에…… 보호소에 있었잖아. 딱 1년 있었어. 그 1년 동안 내가 안락사 시킨 애들이 몇인 줄 알아? 이백 마리가 넘어. 내가 죽어서 지옥을 안 갈 수 있겠니?"

종업원이 새로 따라준 뜨거운 정종에 나는 하마터면 혀를 델 뻔했다. 윗니로 혀를 더듬으며 J를 한참 쳐다보았다. 이거 괜찮은 아이템인데?

J는 얼굴이 뽀얬다. 잇바디도 고왔고 선한 인상이었다.

"모자이크 없이 가겠다고요?"

모자이크 이야기를 꺼내는 스태프들이 나는 더 의아했다. 한 수의사의 애달픈 자기고백인데, 그리고 유기동물의 입양률을 높이기 위한 캠페인이 목적인데. J는 순순히 출연을 수락했다. 나는 유기동물보호소를 정성 들여 촬영했고 J는 성실하게 인터뷰에 응했다. 주먹만큼 작을 때엔 넘치는 사랑을 받았을 개들은 이제 늙고 지쳐 젖은 신문지처럼 여기저기 처박혀 있었다. 실제 안락사 장면도 촬영할 수 있었다. 심의위원회에 회부될 수도 있는 일이었지만 겁내지 않기로 했다. 방송 전 편집본을 몇 번이나 돌려보면서 나는 몹시 만족했다. 심의에 불려간다면 공익을 위한 일이었다고 또박또박 대답도 할 수 있을 것 같았다. 시청률이 대단하지는 않았지만 딱 내가 기대한 만큼 나왔고 여러 건의 후속 신문기사가 이어졌다. 동물단체에서도 호의적인 반응을 보였다. 2주일 후, 역시나 안락사 장면 때문에 나는 심의에 불려갔다. 세탁소에서 막 찾은 단정한 슈트를 입고 심의에 간 나는 뜻밖에도 한마디 대답도 하지 못했다. J가 사라졌다는 소식을 들었기 때문이다.

사람들은 개들의 안락사를 두 눈으로 지켜보며 몸을 떨었고 흰 얼굴의 수의사가 입술을 깨물고 보호소에서의 1년을 고백하는 장면에 눈물을 흘렸다.

"악플이 생각보다 너무 심해요."

조연출의 말에 내가 되물었다.

"무슨?"

"개들을 그렇게 죽여댔으니 업보가 어마어마하겠다는 둥 도살자라는 둥……."

"어디나 미친놈들은 있어. 그런 데다 왜 신경을 쓰니?"

"그래도 선생님 입장에선 좀 힘드실 텐데."

그날의 방송으로 유기동물 입양률은 꼭 0.5% 높아졌다. 대신 J가 사라졌다. 경찰은 그의 병원에서 안락사 약물 한 병이 사라졌다고 말했다. 말간 성정의 그 남자는 서해안의 어느 바닷가를 하염없이 걷거나 혼자 소주에 조개구이나 몇 점 발라먹다가 맥없는 얼굴로 돌아올 거라 나는 믿었다. 그리고는 내 목을 껴안고, 걱정을 끼쳐 미안하다고 말할 거라 나는 끝끝내 믿었다.

딸기밭과 채송화밭을 걸핏하면 뭉개놓던, 우리 집에서 살던 토끼들이 모두 몇 마리였지. 매일매일 트럭에 치인 토끼들을 치우며 아버지는 무슨 생각을 했을까. 그 많던 토끼들을 끓여먹고 튀겨먹던 1년을 아버지는 지금 기억할까. J는 어디로 갔을까. 서른일곱 살이 된 나는 여섯 살 시절 같은 새 귀가 아니라서 J가 떠나는 소리를 듣지 못했고, 먼지가 잔뜩 앉은 낡은 귀는 J의 인사말을 건져내지 못했다. 서울시 서하동 서하유치원의 박서하는 이만큼 자라 애인을 어딘가에 퐁당, 두고 왔다.

지용이

김연희

2009년 대산창작기금을 받으며 등단했다.
소설집 『너의 봄은 맛있니』가 있다.

창백하고 긴 손가락이 커피 잔을 잡았다. 선미는 커피를 마시며 왼손 약지를 감싸고 있는 티파니 밀그레인 웨딩밴드를 바라보았다. 클래식한 백금 링에 측면 볼 장식. 커피 잔을 잡은 손목에는 카르티에 탱크가 둘러져 있었다. 사각 프레임과 숫자마다 박힌 사파이어와 흘림체로 적힌 카르티에.

선미는 커피 잔을 내려놓고, 휴대폰을 들었다. 손가락으로 휴대폰을 두드리며 한 번씩 웨딩밴드와 탱크에 눈을 주었다. 그것들을 보고 있으면 가슴에 기쁨이 차올랐다.

포털 속 세상에는 놀라운 일이 가득했다. 연예인의 삶은 빛나고, 드라마는 재미있었다. 새롭게 업데이트되는 카페와 레스토랑과 디저트를 체크하는 것도 즐거웠다. 3년 전에 취직하고부터 시간 날 때마다 맛집을 순례했고, 결혼하고 나서는 수입 가구 단지와 이케아에도 자주 갔다. 한동안 그릇에 관심이 생겨서 덴비와 빌레로이앤보흐와 포트메리온과 광주요를 사들였다.

– 십 분 뒤면 도착해. 정말 예약 안 할 거야? 그래도 되겠어?

톡이 왔다.

– 몰라. 그냥 일단 와.

곱슬머리 천사가 윙크하며 하트 화살을 쏘는 이모티콘이 날아왔고, 핑크색 하트 세 개를 보내고 톡을 닫았다. 선미는 파란색 일인용 패브릭 소파에 몸을 기댔다. 이 카페에서 가장 애용하는 소파이고, 이 카페는 동네에서 가장 핫한 곳이었다. 테이블이 텅 비는 시간이 없었고, 재즈가 흘렀다. 장식용 벽난로가 있고, 창가에 디시디아, 박쥐란, 틸란드시아 같은 행잉 플랜트가 걸려 있었다. 시간마다 나오는 빵이 정해져 있고, 아몬드 크루아상과 토마토 키쉬가 특히 맛있었다.

포털에 로그인해서 고양이 카페로 들어갔다. 최근 선미가 자주 방문하는 카페였다. 카페의 카테고리는 스무 개도 넘었고, 선미는 묘생한생에 종종 들어갔다. 길에서 고양이 구조하는 내용을 올리는 곳이고, 새 글이 드물었다. 혹시나 했는데 낑깡조아가 올린 글이 있었다.

낑깡조아는 간혹 글을 올렸다. 그는 작은 회사에 다니는데, 퇴근길에 고양이 소리를 듣고 서너 번 구조했다. 그는(글의 내용으로 봤을 때 도무지 그녀일 리 없다) 사진도 못 찍고, 글도 못 쓰지만, 진실했다.

늘 그렇듯 첫 사진은 무얼 찍은 것인지 알 수 없었다. 빌라와 빌라 사이에 에어컨 실외기가 듬성듬성 매달려 있는 공간. 선미는 고양이가 있을 만한 곳을 찾았지만, 고양이는 다음 사진에 있었다. 실외기 뒤에 작은 바구니가 있고, 고양이의 반짝이는 두 눈, 텅 빈 고양이 캔 두 개. 어두운 녹색 이끼가 깔린 바닥 위에 담배꽁초와 구겨진 조각들이 나뒹굴었다. 다음 사진에서 파란 셔츠를 입은 팔이 고양이에게 향하고, 고양이가 눈을 세우고, 송곳니를 드러냈다. 사진이 흔들리고, 다음 사진에서 푸른 깅엄 담요가 깔린 누런 상자에 고양이가 누워 있었다. 눈 주위가 연한 갈색이고, 코 옆에 까만 점이 난 코리아 숏헤어 종 새끼였다. "Time will crawl. Till our mouths run dry. Time will crawl. Till our feet grow small. Time will crawl. Till our tails fall off." 언제부터인가 선미 내부에서 고양이 사진과 카페에서 흘러나오는 노랫소리가 공명했다. 가수는 가느다란 목소리로 절규했고, 노래가 끝나자 단단하고 맑은 목소리가 이어졌다. 배철수. 그가 아직도 라디오 디제이를 하고 있었다.

10여 년 전 선미가 엄마 친구네 집에 갔을 때에도 배철수가 흘러나왔다. 파란 보석 목걸이를 한 엄마 친구가 안으로 들어오라고 했다. 선미는 검은색 시래기 봉지를 내밀었다. 심부름이었다. 봄날의 오후였다. 낮이 시들해지고, 열린 창으로 수수꽃다리 향기가 밀려들었다. 아줌마는 닭이 삶아지는 걸 확인한다며 밖으로 나갔고, 그사이 눈 사이가 멀고, 코가 작고, 입술이 얇고, 빈약한 호르몬 탓인지 수염이 몇 가닥 돋은 아줌마 아들이 뒤에서 가슴을 움켜잡았다. 쉿. 담배 냄새와 레몬 향기가 한꺼번에 났고, 바지 속으로 손이 들어왔고, 손가락이 순식간에 음순에 닿았고, 창문 밖으로 까만 섬 같은 아줌마 파마머리가 움직였고, 꽉 물었던 두 손이 눈 녹듯 사라졌다.

잠시 뒤 선준이 맞은편에 앉았고, 배철수가 두알 리파의 'new rules'를 보내주겠다고 했다. 창가에는 여러 개의 리드가 꽂혀 있는 디퓨저가 놓여 있고, 선미는 머스크 향 속에서 창문 너머 빌라 1층 필로티 기둥을 바라보았고, 절개선이 독특한 가죽 바지를 입은 남자가 검은색 입마개를 씌운 개를 데리고 걸어갔고, 카페 주인이 선준 앞에 녹색 폭포처럼 쏟아지는 말차 라떼를 내려놓았다.

– 빅가이즈 가서 가재 먹을까?

대답 대신 선미가 휴대폰 화면을 내밀었다.

– 뱅갈은 스팟과 마블이 있는데, 스팟 형제야. 레오파드는 유행을 타지 않는 아이템이잖아. 난 마블은 별로야.

선준은 스트로우를 휘저으며 다리를 흔들었다.

– 이거 녹차인가? 말차가 녹차야?

– 말차가 녹차지. 가까워. 리버팰리스.

– 리버팰리스? 회사 옆이잖아. 아. 말차가 녹차구나.

말차 라떼는 이 카페에서 두 번째로 잘 나가는 메뉴이고, 선미는 뱅갈 삼 형제 중 둘째로 마음을 굳혔다.

– 결혼기념일 선물로 사줘.

몇 개월 전부터 시작된 일이었다. 선미는 이따금 선준에게 귀여운 고양이 사진이나 고양이와 관련된 재미있는 동영상을 보내곤 했다. 선준은 별 감흥이 없었다. 선준에게 고양이는 기린이나 코끼리나 하마처럼 그저 지구에 함께 존재하는 것이고, 별로 알고 싶지 않고, 솔직히 관심조차 없었다.

하지만 아무 것도 준비한 게 없었다. 결혼 일주년을 빈손으로 보낼 수는 없고, 목걸이라도 사두지 못한 게 후회되었다. 큰길은 막힐 것이 뻔해서 선준은 오래된 유흥가를 가로질렀다. 이 동네를 잘 아는 사람만 다니는 길이고, 알아도 별로 다니지 않는 길이었다. 유흥가 간판은 촌스러웠고, 빗방울이 떨어졌다. 와이퍼를 켤 정도는 아니고, 둘은 멀리서 번쩍거리는 황금빛 리버팰리스, 강가의 궁전을 쳐다보았다.

황금빛 외부와 달리 아파트 내부는 좁고 어두웠다. 거실은 소파와 텔레비전으로 꽉 찼다. 텔레비전은 요즘 나오는 평면이 아니라 이전 모델이어서 두툼하고, 주방 앞에 아일랜드 식탁과 회색 금고가 있었다. 아일랜드 식탁 위에는 산펠레그리노 아란시아타 로사 빈 병 수십 개가 놓여 있고, 묵직해 보이는 회색 금고 옆에 10킬로그램짜리 노란 덤벨이 있었다. 밀가루 반죽처럼 뽀얀 얼굴에 갈색 머리를 뒤로 묶은 여자가 문을 열었고, 새끼 뱅갈 세 마리가 여자 발치에 뒤엉켜 있었다. 여자가 거실로 향하자 뱅갈 두 마리가 소파로 뛰어오르고, 한 마리는 야옹거리며 커튼 뒤로 기어들어 갔다.

– 어느 걸로 사시겠어요?

여자는 소파에 앉아 고양이 한 마리를 안으며 물었다. 여자가 입을 열 때마다 왼쪽 볼이 패였고, 패인 볼 아래 검은 점이 찍혀 있었다. 치아는 흰빛이고, 태도는 자연스러웠지만, 이 장소의 부자연스러움을 상쇄하지 못했다.

– 재가 첫째고요.

첫째는 사료를 먹고 있었다. 엉덩이가 통통했다.

– 얘가 둘째예요.

여자는 고양이의 뱃살을 주물렀다. 고양이 주인만이 할 수 있는 행동이었다. 동영상에서 본 적이 있고, 선미는 부러웠다. 고양이가 나지막이 모터 돌아가는 소리를 냈다. 고양이가 기분 좋을 때 내는 소리라고 하는데, 실제로 듣는 건 처음이었다.

– 한번 만져보실래요?

고양이를 만지는 것보다 선미는 여자에게 산펠레그리노 아란시아타 로사를 좋아하느냐고 묻고 싶었다. 선미도 좋아하는 음료수여서 반가웠고, 산펠레그리노 리모나타도 좋아하는지 궁금했다. 하지만 왠지 저 여자가 좋아하는 음료수가 아닌 것 같고, 처음 만나는 사람에게 그런 질문을 해도 되나 싶고, 무엇보다 고양이를 사러 와서 할 질문이 아닌 것 같았다.

– 이 녀석 어때?

선미가 망설이고 있을 때, 선준이 빛바랜 청색 커튼을 발톱으로 긁어 뜯는 고양이 옆에 쪼그리고 앉아서 물었다. 셋째는 작고, 신경이 예민해 보이고, 털이 푸석푸석하지만, 외모가 빼어났다. 레오파드 무늬가 선명하고, 눈 가장자리는 아이라인을 칠한 것처럼 진하고, 코로 이어지는 라인이 뾰족했다.

첫째는 사료를 실컷 먹고, 여자 앞에 배를 드러내고 누워 뒹굴었다. 인터넷에서 개냥이라고 불리는 부류였다. 선미는 막상 보니 성격 좋은 첫째가 마음에 들었지만, 선준이 점찍은 셋째를 사기로 했다. 성격이냐, 외모냐의 문제인데 외모가 빼어난 것도 나쁘지 않겠다 싶었다. 일단, 고르고 나니, 일사천리였다. 돈과 고양이를 교환하고, 여자가 사료와 밥그릇과 물그릇과 화장실 모래와 골판지 스크래처까지 챙겨주었다. 마지막으로 여자는 고양이에게 접종하라며 이만 원을 빼주었다.

자동차는 가로등 불빛의 점선 사이로 달렸다. 선미는 고양이를 손바닥 위에 올려놓고, 다른 손으로 등을 덮었다. 손바닥으로 고양이의 떨림이 전해져왔다. 고양이는 아무 것도 입지 않은 채 남극에 서 있는 것처럼 떨었고, 선미는 생명의 온기와 떨림이 부담스러웠다. 이 작은 레오파드 안에 이 세상 모든 생명의 온기와 두려움이 응축되어 있는 것 같았고, 헤아리기 힘든 감정이 가슴 아래, 명치를 지나 모르는 곳으로 무겁게 가라앉았다.

선미는 고양이를 키워본 적이 없고, 주변에 고양이를 키우는 사람도 없었다. 지금까지 선미에게 고양이는 수백 장의 사진과 수십 개의 동영상이었다. 사진과 동영상 속 고양이는 긴 끈을 붙잡으려고 뒷발로 선 채 앞발을 잽싸게 휘두르고, 주인 앞에서 하얀 배를 보이며 몸을 이리저리 굴리고, 비닐봉지를 뒤집어쓰고 눈을 동그랗게 뜬 채 앉아 있고, 앞다리를 끌어당겨 식빵 모양을 한 채 졸고 있는 모습이었다. 접종, 사료, 화장실 모래, 스크래처는 본 적이 없고, 어떻게 해야 하는지도 모르는데, 자동차 뒷자리에 쌓여 있었다. 좁은 집에 저걸 끌어다 넣을 생각을 하니 머리가 복잡했다.

– 곱창이나 사가지고 갈까?

선준이 차창을 내리며 물었다. 선미가 에어컨을 켜며 대답했다.

– 곱창? 돼지 곱창?

– 소 곱창을 포장해주면 좋은데. 소 곱창은 왜 포장을 안 해주지? 소 곱창 포장해주는 곳 알아?

돼지나 소가 애완동물이 아닌 이유는 집에서 키우기에 크기가 큰 탓이 아닌가 싶었다. 선미는 왠지 입맛이 떨어져서 라면이나 끓여 먹자고 했다. 집에 도착해서 거실에 고양이를 내려놓으니 털을 세우고 야옹야옹 울며 주위를 두리번거리다가 소파 아래로 기어들어 갔다. 선준은 받아온 고양이 짐을 내려놓고, 주방으로 가서 스테인리스 냄비에 라면 물을 올렸다. 선미는 물을 한 잔 마시고, 식탁 의자에 앉아서 손을 반듯하게 펴고 밀그레인 웨딩밴드를 바라보았다.

– 고양이 이름은 뭐로 하지?

선준이 엎드려 소파 밑을 보며 물었다. 선미는 나비나 야옹이 같은 이름말고 특별한 걸 원했다. 선준은 소파 밑이 어두워서 고양이가 보이지 않는다며 손전등을 가지러 서재로 갔다. 선미는 얼마 전 아이돌 그룹 빅뱅의 리더 권지용이 군대에 간 걸 떠올렸다. 권지용과 고양이 둘 다 잘 생겼고, 레오파드 무늬는 언제나 질리지 않는 패션 아이템이므로 고양이에게 '지용이'라고 이름 지어도 손색없으리라 생각했다.

오늘의 기원

김은

2014년 『작가세계』로 등단했다.
세월호 추모 공동 소설집 『우리는 행복할 수 있을까』에
작품을 수록했다.

나는 70일령의 생을 살고 죽는다. 모두에게 똑같은 시간이 주어지는 것은 아니다. 누군가에게는 그보다 더 짧은 생이, 누군가에게는 그보다 더 긴 생이 주어진다. 나에게는 70일령의 생이 주어졌고, 오직 그 시간으로만 나의 가치와 쓸모가 정해졌다. 그것에 대해 아쉬워해 본 적은 없었다. 나의 시간은 물리적으로 계산할 수 있는 단순한 것이 아니었다. 씨앗으로부터 거대한 것이 자라나듯, 거대한 것이 압축되어 내가 만들어졌기 때문이다. 그러므로 하루의 삶 속에는 전부 기록될 수 없을 만큼의 방대한 기억이 담겨져 있으며 나의 부리에도, 발톱에도, 날개에도 각각의 생이 존재했다.

이 비밀을 알려준 것은 나의 엄마의, 엄마의, 엄마라

고 했다. 엄마는 내가 아무런 형태도 갖추지 못한, 얇은 막에 둘러싸인 점액 상태일 때부터 나의 기원에 대해 들려주었다. 그것은 소리가 아닌 진동으로 전달되어 내 안에 작은 일렁임을 만들었다. 그 진동에 반응하듯 심장이 생겨나고, 첫 박동이 시작되었다. 어쩌면 나에게 생을 준 것은 엄마의 목소리일지도 몰랐다. 엄마의 이야기를 들으며 심장은 점점 강하게 뛰었고, 머리와 가슴의 경계가 생겨났으며, 몸으로부터 두 날개가 갈라져 나왔다. 그렇게 지난 생의 기억을 간직한 채로 나는 껍질을 뚫고 세상 밖으로 나올 수 있었다.

그날은 70일령 생애 첫날이었다.

엄마의, 엄마의, 엄마의 말에 의하면 우리의 조상은 수억 년 전 이 지구에 존재했다. 그들은 모든 생명체 중에 가장 거대하며, 가장 강력한 포식자였다. 먹이사슬의 최정점에 있던 그들 중에는 몸길이가 수십 미터에 달하고, 무게가 수십 톤이나 되는 것도 있었다. 이 땅의 주인으로 살아 있는 모든 것을 지배했으며, 날카로운 이빨과 발톱으로 땅과 하늘에 사는 짐승들을 사냥했다. 타조처럼 강하고 빠른 다리로 초원을 내달리며 먹잇감을 낚아챘고, 등에 커다란 가시 돛을 달고 늪을 헤엄치며 물고기를 잡아먹기도 했다. 한때 그들은 모든 땅 위에 존재했으며, 모든 땅 위에 가장 힘 있는 존재였다.

처음에는 그 말을 믿지 않았다. 세상의 어떤 이야기들은 꾸며내어지기도 하니까. 하지만 엄마는 나를 부드럽게 끌어당겨 품에 안으며 그들 모두가 우리의 조상은 아니라고 했다. 그중에는 유독 하늘을 날고 싶어 하는 것들이 있었다. 그들은 공중에 몸을 띄우기 위해 뼈 속을 비워내고, 가슴에 커다란 공기 주머니를 만들었다. 또한 바람을 타기에 적당하도록 깃털로 온몸을 덮었고, 무게를 줄이기 위해 날개를 제외한 모든 것을 작아지거나, 사라지게 만들었다. 그것은 세상이 완전히 바뀌고, 또다시 바뀔 만큼 아주 오랜 시간에 걸쳐 천천히 이루어졌다. 엄마는 내가 몸집에 비해 터무니없이 작은 발과 발톱을 가지고 있는 것도 그때 퇴화한 흔적이라고 했다.

내가 태어나고 자란 에덴농장은 최신식 시설을 갖춘 곳이었다. 하루 두 번, 정해진 시간에 맞춰 자동으로 사료와 물이 공급되었다. 자동 센서가 있어 빛의 세기와 온도를 저절로 조절했고, 농장 구석구석까지 신선한 공기를 순환시켰다. 나는 컨베이어 장치에서 쏟아져 나온 사료를 쪼며 나의 부리에 대해 생각했다. 지금처럼 작고 단단한 모양으로 바뀌기까지의 시간을 상상하자, 신기하게도 농장에서의 삶이 더 이상 지루하지 않게 느껴졌다. '에덴농장'이라는 이름처럼 닭들의 천국이라고 불리는 농장은 넓고 쾌적했다. 하지만 나는 항상 농장 밖의 세상이 궁금했다. 곳곳에 뚫린 환풍구를 통해 보이는 회색 시멘트가 깔린 넓은 마당과 가끔 농장을 구경하기 위해 방문하는 사람들이 머물다 가는 단층 건물이 내가 아는 세상의 전부였다. 하지만 나의 부리는 그렇지 않았다. 수억 년의 시간 동안 세상의 모든 하늘과 땅을 거쳐 이곳 농장까지 오게 된 것이었다. 나는 언젠가 지구 반대편에 있는 섬에서 따먹었을 이름 모를 열매의 맛을 상상해보았다.

혼자 상상에 빠져 있느라 나는 제대로 사료를 먹지도 못하고, 물을 마시지도 못했다. 하지만 모두가 그런 것은 아니었다. 농장 안의 닭들은 자신에게 주어진 생이 고작 70일령이라는 사실조차 알지 못했다. 그들에게도 엄마가 있었지만, 그들의 엄마는 우리가 어떤 시간을 거쳐 오늘에 이르렀는지에 대해 아무것도 말해주지 않았다. 대신 농장 안에 볕이 잘 드는 곳이 어디인지, 모래목욕을 하거나 깃털 사이에 숨어 있는 기생충을 골라내 몸을 청결히 하는 법만을 가르쳤다. 자신의 용도를 알지 못하는 닭들은 도축되기 직전까지, 살을 찌우기 위해 쉬지 않고 먹어댔다. 영양가 있는 사료와 깨끗한 물은 충분했는데도 더 많이 먹기 위해 항상 자리다

툼이 일어났다. 서로를 부리로 쪼고, 발톱으로 할퀴느라 꽁지깃이 빠지고 날개가 찢어져 피가 나기도 했다.

소란을 피해 구석진 자리로 옮겼다. 볕이 들지 않아 바닥에 깔린 건초가 축축하게 젖어 있었다. 더 이상 사료를 먹는 일에 흥미가 생기지 않았다. 나는 엄마에게 농장 안의 닭들처럼 살지 않고, 좀 더 의미 있는 시간을 보내고 싶다고 말했다. 하지만 엄마는 그들 역시 행복하게 살아가고 있으며, 충분히 가치 있는 삶이라고 했다. 그리고 모든 농장들이 이곳 같지는 않다고 말해주었다. 다른 농장들은 가축을 사육하는 곳이 아니라 공장에 가까웠다. 그곳에는 넓은 사육장 대신 가로세로 30센티미터짜리 케이지가 벽면에 층층이 쌓여 있었다. 하나의 케이지에 두세 마리의 닭들이 갇혀 살을 찌우거나 알을 낳았다. 서로 상처를 내는 것을 막기 위해 부리를 잘린 닭들은, 불결한 깃털 탓에 피부병에 시달리거나 그보다 더 끔찍한 병에 걸리기도 했다.

그들은 태어나서 한 번도 땅을 밟아본 적이 없다고 했다. 나는 생의 처음과 마지막 순간을 모두 한자리에서 맞는다는 것을 상상할 수 없었다. 그들의 삶과 죽음은 시간이 아닌 무게로 결정되었다. 1.5킬로그램에 도달할 때까지를 살고, 1.5킬로그램에 도달하면 죽음을 맞았다. 그것은 육질이 가장 연하고, 고기 맛이 좋은 무게였다. 아직 성계가 되지 못한 어린 닭들의 무게가 1.5킬로그램이었다. 성장이 빠른 닭들은 조금 일찍, 성장이 느린 닭들은 조금 늦게 도축장으로 향했지만 마지막이 크게 다르지는 않았다. 하지만 나는 그들에게 삶다운 삶이 존재하지 않는다는 것보다 엄마의 얼굴조차 모르고 살아간다는 사실이 더 안타까웠다.

첫 털갈이를 시작했을 때처럼 엄마는 나의 깃털을 정성껏 골라주었다. 왠지 편안한 기분이 들면서 졸음이 쏟아질 것 같았다. 농장 안에는 잔잔한 음악이 자장가처럼 흐르고 있었다. 지금 이 순간만큼은 진짜 천국에 와 있는 것 같았다. 내가 아직 껍질 밖으로 나오기 전처럼, 엄마는 엄마의, 엄마의, 엄마로부터 전해져온 이야기를 들려주었다. 처음 심장이 뛰듯이 두근두근 맥박이 느껴졌다. 엄마는 지금처럼 발톱이 구부러진 갈고리 모양으로 바뀐 건, 하늘을 날다가 나무 위에서 잠시 쉬어 가기 위해서라고 했다. 우리가 하늘을 날지 못하는 이유에 대해 내가 묻자, 엄마는 하늘보다는 땅에서의 삶을 더 그리워했기 때문이라고 했다. 초원을 달리고, 밀림을 지나던 땅의 감촉을 잊지 못해서라고. 나는 바닥에 깔린 건초를 헤적여 미지근한 온기가 남아 있는 땅의 감촉을 느껴보았다.

하지만 엄마가 정말 하려는 이야기는 따로 있는 것

같았다. 뭔가를 망설이듯 아주 오래오래 털을 골랐다. 나는 고개를 들어 열려 있는 천장으로 해가 조금씩 기울고 있는 것을 지켜보았다. 지금까지 해가 몇 번이나 뜨고 졌는지 궁금해졌다. 머릿속에서 빨간 공처럼 생긴 해가 공중으로 튕겨져 올랐다 가라앉았다를 반복했다. 그제야 나는 엄마가 무슨 말을 하려는지 짐작할 수 있을 것 같았다. 어느새 나의 몸은 병아리를 벗어나 엄마만큼 자라 있었다. 가슴이 불룩하게 솟아올랐고, 머리 위의 붉은 볏도 제법 꼿꼿해졌다. 나는 주위가 어스름해지면 나타나는 트럭 한 대를 떠올렸다. 그것이 닭들을 도축장으로 실어 나르는 트럭이라는 것도, 지금처럼 해가 질 무렵이 스트레스 없이 가장 편안한 죽음을 맞을 수 있는 시간이라는 것도 알고 있었다. 그렇게 트럭이 나타났다 사라지면 농장 안은 허전할 만큼 텅 비었다가, 곧 닭들로 다시 채워지곤 했다. 엄마는 그것이 생을 마감하는 우리의 방식이라고 말해주었다. 그리고 머지않아 나에게도, 엄마에게도 닥칠 일이라는 것도.

그렇지만 슬픔은 미리 준비할 수 있는 감정이 아니었다. 처음으로 나는 알을 낳는 산란계로 태어나지 않은 것을 원망했다. 엄마는 400일령을 넘게 살았다. 내가 태어나고 죽고, 태어나고 죽고를 다섯 번 반복하고도 남는 긴 시간이었다. 엄마는 농장 안에 있는 닭들 중 가장 오래 살았고, 앞으로도 그 절반만큼의 시간이 더 남아 있었다. 오래 사는 걸 부러워하는 것은 아니었다. 단지, 나는 누군가의 엄마가 되고 싶을 뿐이었다. 알의 상태로 머물다가 껍질을 깨고 세상 밖으로 나왔을 때 나의 엄마가 그랬듯, 수많은 이야기를 들려주고 싶었다. 만약 그럴 수 없다면 인간처럼 말을 할 수 있거나, 글을 쓸 수 있는 능력이 있어 기록으로 남길 수 있기를 바랐다.

하지만 오늘은 70일령 생애 마지막 날이었다.

농장 주인은 어떤 고통도 느끼지 않을 거라고 했다. 그는 농장 체험을 온 사람들 앞에서 "에덴농장에서 태어난 것은 큰 행운이죠. 국내 최초로 동물복지인증을 받은 농장으로 닭들이 쾌적한 환경에서 스트레스 없이 생활하고 있답니다. 도축을 할 때도 동물의 권리를 최대한 보호하기 위해 노력하고 있습니다. 마취 가스를 주입해 기절시킨 뒤 도축을 해, 어떤 고통도 느끼지 않습니다." 이렇게 설명하곤 했다. 나는 정말 고통 없는 죽음이 가능한지 궁금했다. 엄마는 깊은 잠에 빠지는 것과 다르지 않다고 말해주었다. 눈을 감고 하나, 둘, 셋을 세면 이쪽 시간에서 저쪽 시간으로 건너가게 될 거라고, 그것은 사라지는 것이 아니라 시간으로 축적되는 것이라고 했다. 엄마의 말을 전부 이해할 수는 없었다. 다만 내가 기억하지 못하는 이전의, 이전의, 이전의 시간들을 상상해볼 뿐이었다.

해는 완전히 기울어 보이지 않았다. 농장 안은 닭들이 가장 편안함을 느낄 수 있는 상태로 맞춰져 있었다. 천장 조명은 어둡게 조도를 낮추었고, 스피커에서는 마음을 안정시키는 클래식 음악이 흘러나왔다. 저녁 사료를 먹은 닭들은 무거워진 눈꺼풀을 끔뻑거리다 초저녁잠에 빠져들었다. 더 이상의 소란도, 다툼도 없었다. 그 평화로운 시간을 방해하지 않으려는 듯, 트럭이 마당으로 조용히 들어섰다. 아무 일도 일어나지 않을 것 같은 저녁이었다. 나는 엄마에게, 그리고 나의 부리와 발톱과 날개에게 천천히 작별 인사를 했다. 마지막으로 눈을 감고 마음속으로 하나, 둘, 셋을 세보았다. 참을 수 없는 졸음이 쏟아졌다.

이상한 꿈을 꿨어

박상영

2016년 『문학동네』로 등단했다. 소설집 『알려지지 않은 예술가의 눈물과 자이툰 파스타』가 있다. 젊은작가상을 수상했다.

*

어릴 적부터 자주 꾸던 꿈이 있다.

꿈속의 나는 뭔가 큰 죄를 지은 채로 정신없이 도망친다. 한참을 뛰다가 뭔가에 발이 걸려 넘어진다. 무릎에 피를 흘리며 일어나니 땅에 상자가 묻혀 있는 게 보인다. 누군가에게 쫓기고 있다는 사실도 잊어버린 채 땅속에 묻힌 상자를 파낸다. 손톱에 흙이 끼고 손가락에 통증이 느껴질 때쯤 더러운 플라스틱 사육장이 땅속에서 정체를 드러낸다. 플라스틱 사육장 속에 햄스터가 우글대고 있다. 뚜껑에 손을 대는 순간 문이 열리고, 햄스터들이 바깥으로 쏟아져 나온다. 햄스터들이 내 온몸을 덮는다.

*

출근하자마자 기사 세 개를 송고했다. 간밤에 잠을 설쳐서 졸음이 쏟아졌다. 건조해서 가습기를 틀고, 손에 꼼꼼히 핸드크림을 발랐다. 엄지손가락 끝에 거스러미가 올라와 있었다. 손톱으로 거스러미를 떼는데 생살이 함께 뜯어졌다. 그 사이로 피가 고였다. 손가락을 입에 집어넣자 비릿한 피 맛과 따가움이 동시에 느껴졌다.

나는 엄지손가락을 입에 넣은 채, 반대쪽 손으로 낙서를 했다. 이면지에 작은 햄스터 한 마리를 그려 넣었다. 내 맞은편에는 나의 사수이기도 했던 수석 N 선배가 기사 교정을 보기 시작했다. 아침에 송고한 내 기사였다. N은 마른 김처럼 푸석푸석한 머리를 질끈 동여 묶고, 기사를 소리 내 읽기 시작했다. "역사적으로 전쟁이 일어나지 않은 날은 단 하루도 없습니다. 지금 이 순간에도 누군가는 싸우고 있습니다." 한국 사회의 발전 동력은 사회분열과 분노이다, 라는 다소 파격적인 발언으로 최근 SNS에서 유명 인사가 된 사회학자가 인터뷰에서 한 말이었다. 나는 N의 목소리를 애써 무시하며 계속해서 햄스터를 그렸다. 한 마리였던 햄스터가 순식간에 종이를 가득 채울 정도로 불어났다.

문득, 어릴 적 햄스터를 길렀을 때가 떠올랐다.

햄스터를 사온 것은 내 동생 제니였다. 제니는 평소에는 얌전하고 성실한 편인데 이상하게 중요한 문제를 충동적으로 결정하곤 했다. 제니는 순진한 얼굴을 하고는 학교 앞에 온 행상에게 팔천 원을 주고 햄스터 한 쌍과 사육장을 사왔다고 했다. 두 마리였던 햄스터는 교미를 하며 계속 불어났고, 순식간에 여덟 마리가 됐다. 그런데 어느 날 보니 또 다섯 마리가 되어 있었고, 몇 달 뒤엔 또 다시 열 마리가 됐는데, 알고 보니 햄스터들이 끊임없이 새끼를 낳고, 또 그 새끼를 잡아먹었던 거였다.

N이 짜증스러운 목소리로 문장을 한 번 더 읽으며 펜으로 뭔가를 빠르게 적기 시작했다. 타인이 내가 쓴 문장을 소리 내서 읽는 건, 아무리 오랜 시간이 지나도 도통 익숙해지지 않았다. 곧 N이 얼굴을 잔뜩 구긴 채로 기사를 고치라고 소리칠 차례였다.

N의 까다로운 성격 탓에 지난 3년 동안 일곱 명의 기자들이 이곳을 떠났다. 이곳을 떠난 사람들의 공통점은 하나다. 그를 이해하려고 했다는 것. 나 역시 처음에는 사사건건 트집을 잡는 N의 마음을 헤아리고, 그의 입장에서 내 행동의 문제점을 파악하려고도 해봤지만, 소용없는 일이었다. 난 N의 분노를 태풍이나, 장마 혹은 화산 폭발과 같은 자연의 섭리로 이해했다. 어림잡아 예측을 할 수 있고, 대응할 수도 있지만 원인을 제거

할 수는 없다. 그리고 일단 지구에 발을 붙이고 사는 동안 계속 겪어내야 한다. 슬프게도, 혹은 다행이게도 나는 N을 통해 자연의 섭리를 배웠다.

코를 푸는 소리가 들렸다. N이 뭔가 마음에 들지 않을 때 하는 행동이었다. 아니나 다를까 N은 빨간 펜으로 난도질된 기사를 내게 넘기며, 미간에 주름을 잔뜩 잡고 있었다. 그러고는 따분한 말투로 "넌 생각이라는 걸 하고는 사니?"라고 했다. 거기서 그치지 않고 매사에 건성건성인 내 태도에 대해 일장연설을 늘어놓았다. 한참을 투덜대던 그는 펜 뚜껑을 닫으며 결제 도장을 찍듯이 결론을 내렸다. 요즘 애들은 좀 이상해.

이상한 일이 일어나기 시작했다. N의 지적처럼, 언제나 텅 비어 있던 내 내면에 뭔가가 차오르기 시작했다. 침을 꿀꺽 삼키며 혀로 천천히 입술을 훑었다. 내 속의 아주 깊은 곳에서부터 뜨거운 것이 천천히 끓어오르고 있었다.

뭔가가 분명히 달라졌다. 회로가 교란된 기계처럼 온몸이 저절로 움직이기 시작했다. 전신을 순환하던 피가 머리로 쏠렸다. 머리의 온도가 점점 올라가는데 몸은 점점 더 차가워졌다. 심장 소리가 온몸에 울리고, 기관차처럼 뜨거운 김이 머리에서 뿜어져 나오는 것을 느끼며 나는 생동하는 에너지에 사로잡혔다.

가장 먼저 책상 위에 있던 과월호 잡지를 N에게 던졌

다. 잡지가 그의 얼굴에 명중했다. N의 얼굴에 놀란 빛이 어렸다. 난 곧바로 책상을 넘어가 정신을 못 차리고 있는 N의 머리를 잡아 의자에서 끌어내렸다. N이 넘어진 자리에서 먼지가 뿌옇게 피어올랐다. N의 신음소리가 들리기 무섭게 N의 빰을 사정없이 내리쳤다. 내리치면 내리칠수록 더 힘이 솟아올랐다. 어디서 이런 힘이 솟아나는 것일까. N이 물고 있던 빨간 펜을 들었다. 뚜껑을 열고 N의 감은 눈꺼풀에 커다랗게 엑스 모양을 그려 넣었다. 꾹꾹 눌러 써도 펜이 잘 나오지 않아 계속 덧칠을 했다. N의 눈꺼풀이 발갛게 부어올랐다. 반대쪽 눈에도 똑같은 그림을 그렸다. 선배님, 대답해보세요. 이게 진정성의 힘인가요. N은 여전히 아무런 말도 하지 않았다. N의 입술에도 커다랗게 엑스를 그려 넣었다. 손이 떨려서 선이 삐뚤삐뚤했다. 입술이 엑스 모양으로 뒤덮일 때까지 계속 그려 넣었다. N의 얼굴은 지난 5년 동안 내가 받아왔던 교정지를 닮아 있었다. 손에 쥐고 있던 펜이 바닥으로 떨어졌다.

바닥에 떨어진 펜을 줍고 일어났을 땐, 모든 게 다 제자리에 있었다. 그제야 내 손이, 온몸이 감전된 것처럼 부들부들 떨리고 있는 걸 알아챘다. N은 여전히 신경질이 가득한 표정으로 교정지를 만들고 있었다. 난 조용히 심호흡을 하며 떨림을 가라앉히려 해봤지만, 떨림은 멎지 않았다. 탁상 거울에 내 얼굴이 비쳤다. 볼에 짙게

홍조가 끼어 있고, 눈은 이상하게 번뜩이고 있었다. 일전에 한 번도 본적 없었던 모습이었다.

*

5년간 부었던 적금과 퇴직금을 한 번에 찾았다. 많다면 많고, 적다면 적은 돈이었다. 지난 5년간 잡지사를 다니며 썼던 기사들에 대한 대가라고 생각하면 꽤 많겠지만, N의 타박에 대한 대가라고 생각하면 확실히 적었다.

N에 대한 환시를 본 날 이후, 간헐적으로 손떨림이 일어나기 시작했다. 설거지를 하다 그릇을 놓쳤고, 문자를 치다 핸드폰을 떨어뜨렸다. 냉장고에서 생수를 꺼내 마시다 발등에 병째로 떨어뜨린 적도 있었다. 그릇 몇 개와 핸드폰 액정, 발가락뼈까지 부수고 났을 때야, 더 이상 예전으로 돌아갈 수 없다는 것을 깨달았다. 동네 신경외과에서 검사를 받아보니, 단순한 스트레스에 의한 증상이라는 진단이 내려졌다. 규칙적인 생활과 휴식이라는 처방전을 받아들고, 잠시 망연한 기분이 들었다.

퇴직금은 한줌에 불과했다. 은행원은 계속해서 목돈 관리의 필요성에 대해서 얘기했다. 디지털 숫자판이 계속 붉게 물들어 있었다. 달러 환율이 시시각각으로 떨어졌다. 문득, 제니의 목소리가 듣고 싶다는 생각이 들었다. 퇴직금을 모두 달러로 환전했다.

*

제니는 우리 집안의 슈퍼스타였다. 언제나 고만고만한 성적에 이따금 알 수 없는 사고를 쳐 부모님의 골칫덩이였던 나와는 달리 제니는 선천적으로 탈선을 싫어하고, 큰 노력 없이 공부도 곧잘 했으며 생긴 것도 멀쩡했다. 고백하자면 나는 어릴 적 제니를 꽤나 시기했고 질투했으며, 그녀가 사라지기를 바랐다.

제니가 첫 직장이었던 대형 로펌에서 만난 미국계 변호사와 결혼을 한다고 했을 때, 나는 다소 심드렁한 기분이었는데, 기껏 대학을 나와 멀쩡한 직장을 다 접어버리고 한다는 선택이 미국산 변호사의 와이프냐는 생각을 안 했던 것은 아니었지만, 그 보다는 나 역시 부모님처럼 그녀에게 거는 기대가 없지 않았기 때문이었다. 그러거나 말거나 결혼은 다소 기운 채로(?) 잘만 굴러갔고 내가 회사에 들어갔다 초주검이 되어 퇴직하는 사이 제니는 세 아이의 엄마가 되어버렸다.

뉴욕에 도착했다는 전화를 걸기 무섭게, 제니는 내게 얼굴을 보자고 했다. 집에 찾아가겠다고 했더니 둘만 긴히 할 얘기가 있다고 했다. 나에게 호텔로 데리러

가겠다고 괜히 비밀스럽게 속삭여서 나조차도 뭔가 조심스럽게 알겠어, 라고 말하게 됐다.

그리고 다음 날, 시차 적응이 잘 되지 않는 나를 데리러 제니가 낡은 도요타 미니밴을 끌고 호텔 앞까지 왔다. 차는 아이들을 실어 나르느라 중고로 산 물건이라고 했다. 꼬박 5년만에 내 앞에 선 제니의 얼굴은 많이 수척해져 있었다. 내가 새파란 신입에서 수석기자가 되는 동안 제니는 세 아이의 엄마가 되었다. 엄마 환갑잔치 때 봤을 때는 화장도 하고 그래서 그런지 예전과 별 차이를 못 느꼈는데, 요 몇 년 사이에 아이 하나를 더 낳고 많이 수척해진 건지 아니면 나이 탓인 건지 내가 알던 내 동생의 모습과는 사뭇 달랐고 이상하게 가슴이 짜르르한 기분이 들었다. 제니가 내게 가고 싶은 곳이 없냐고 물었다. 딱히, 가고 싶은 곳이 없었지만, 제니야 말로 이곳이 아닌 다른 곳으로 당장 떠나고 싶은 듯한 얼굴이었기 때문에 별생각 없이, 놀이공원?, 이라고 끝을 올려 말했다. 제니가 조금은 신나는 얼굴로 차를 몰기 시작했다.

*

햄스터를 사온 것은 제니였으나, 기하급수적으로 불어나는 햄스터를 감당하지 못해 그것들을 내다 버린 것은 나였다. 학교 소각장에 사육장을 통째로 두고 나오며, 나는 절대 뒤를 돌아보지 않으려 노력했다. 제니에게만 그 사실을 공유했다. 햄스터들은 지금 비밀의 정원에 있어. 나 말고는 아무도 방문할 수 없는 곳이지. 어린 제니는 순진하게도 내 말을 믿었고 이따금 햄스터가 어떻게 지내고 있냐고 묻다 더 이상 묻지 않게 되었다. 나는 가끔 사육장의 문을 열어놓기라도 했으면, 어땠을까, 하는 생각을 했지만 그것은 찰나에 불과했다.

*

뉴욕 근교의 유원지에 도착했을 때 이곳을 놀이공원이라고 부를 수 있을까 고민했다. 강가의 황량한 공터에 덩그러니 회전목마 하나가 놓인 것에 불과했다. 오후 3시의 애매한 시간이라 그런지 행인조차 별로 없어 완벽히 망한 도시처럼 느껴질 지경이었다. 매표소에서 누군가와 얘기를 나누고 돌아온 제니는 약간 쑥스러운 얼굴로 오늘 쉬는 날이래, 말했다. 딱히, 놀이기구를 타고 싶거나 했던 건 아니라서 그냥 커피나 한잔 하자고 말했다. 제니가 근처의 카페에서 뜨거운 커피 두 잔을 사 왔고, 우리는 회전목마를 바라보며 커피를 마시기 시작했다.

언니 얘기는 대충 들었어.

또 엄마의 소행이니?

응. 그렇지 뭐. 하루가 멀다 하고 영상통화 걸어서 언니 욕하고 난리야.

그만 좀 받아줘 너.

씨익, 웃는 제니가 내가 아는 제니의 모습 같아서 안심이 됐다.

언니 우리 이렇게 살 줄은 몰랐지.

아니 난 내가 이럴 줄 알았는데.

난 내가 뭐 대단한 사람이 될 줄 알았어.

나도 사실 너는 좀 그럴듯하게 살 줄 알았어.

언니 나 그만둘까 봐.

뭘 그만둬.

그냥 다.

그래. 나도 다 그만뒀어.

내가 잘못한 걸까.

글쎄. 술을 끊은 건 잘못한 거야.

제니는 웃으며 머리카락을 귀 뒤로 넘겼고 그 모습은 내가 알던 제니의 모습이었는데, 이상한 점이 하나 있었다. 뭐든 잘했던 내 동생 제니의 손도 꼭, 나처럼 떨리고 있었다. 나는 그 손을 가만히 바라보았다. 제니는 뉴욕에서의 삶을 털어놓기 시작했다. 모든 것들이 한없이 평균에 가까운 삶이라고 했다. 남편은 가정에 적당히 무심하며, 아이들은 적당히 말썽을 피우고, 남들만큼의 빚을 지고 사는데 그것을 갚기도 적당히 벅차다고 했다. 아무에게도 말하지 못할 일상의 사소한 우울들이 매일 찾아오는데 그것을 털어놓을 곳도 처리할 방법도 없다고 했다. 취미를 가지라는 사람들, 자아실현을 하라는 추상적인 조언만큼 짜증나는 것도 없다는 말도 덧붙였다. 나도 그런 하나 마나 한 말 말고는 별달리 해줄 말이 없어서, 마치 배경음처럼 제니의 말을 들으며 기계적으로 고개를 끄덕였다.

그러다 고개를 뒤로 젖힌 채 하늘을 보니 날씨가 좋지도 나쁘지도 않았고 참으로 보통의 날이구나 하는 생각이 들었다. 눈을 감았다.

*

MERRY-GO-ROUND

가까이서 보니 회전목마는 확실히 낡았지만, 아주 섬세하게 만들어져 있었다. 반짝이는 보석이 붙어 있는 마차와, 갈기를 휘날리는 말의 표정까지 세세하게 살아 있었다. 천장에는 무지갯빛 전구들이 가득 박혀 있었다. 내가 회전목마 안으로 들어가려 하자 제니가 달려와 나를 가로막았다.

잠깐만, 문 열기 전에 컷팅식부터 해야지.

제니는 내 뒷주머니에서 미미 인형과 녹슨 가위를 꺼

냈다. 그리고 가위를 내 손에 쥐어 주고, 자신은 인형의 머리와 다리를 잡았다. 제니는 마치 검표원처럼 회전목마 앞에 인형을 든 채로 서 있었다. 인형을 자르고, 안으로 들어가라는 의미 같았다. 기껏 찾아낸 인형을 자르는 게 아까웠지만, 단호한 악어의 얼굴을 보니 왠지 그래야 할 것 같았다. 난 침을 꿀꺽 삼키고 녹슨 가위를 들었다. 그리고 미미의 허리에 조심스럽게 가위를 갔다 댔다. 녹슨 가위가 삐걱거리는 소리를 내며 미미의 살을 파고들었다. 미미의 허리가 잘려나갔다. 미미의 텅 빈 몸이 고스란히 드러났다.

갑자기 엄청난 굉음이 들리기 시작했다. 천천히 회전목마의 지붕이 위로 올라가서, 날개처럼 펼쳐졌다. 천장에 달려 있던 전구에 일제히 빛이 들어왔다. 나는 입을 벌리고 그것을 바라보고 있었다. 그때 제니가 비명을 질렀다. 고개를 돌리니 제니가 땅바닥을 손가락으로 가리키며 비명을 지르고 있었다. 제니의 손가락은 바닥에 떨어진 미미 인형을 향해 있었다. 미미 인형의 잘려나간 몸체에서 햄스터 한 마리가 기어 나왔다. 햄스터는 내 발치를 향해 천천히 기어왔다. 뒤이어 미미의 몸에서 또 한 마리의 햄스터가 나오더니, 꼬리를 물고 계속해서 햄스터들이 나왔다. 곧이어 셀 수 없이 많은 햄스터들이 바닥을 가득 채웠다. 햄스터들은 일제히 나를 향해 기어 오기 시작했다. 제니는 햄스터를 피해 회전목마로 뛰어가더니, 얼른 마차를 탔다. 나도 뒷걸음질치다, 튼튼해 보이는 말 하나 위에 올라탔다. 쇠 긁는 소리를 내며 회전목마가 돌아가기 시작했다. 그리고 햄스터들은 맹렬히 말을 좇아 달려왔다. 나는 플라스틱 말의 몸에 발을 굴렀다. 이상하게 회전목마의 속도가 더 빨라지는 것처럼 느껴졌다. 공원의 풍경이 휙휙 돌아가기 시작했다. 미미의 몸에선 계속해서 햄스터가 쏟아져 나오고 있었다. 나는 한 번 더 발을 굴렀다. 말이 더욱 힘차게, 달리기 시작했다.

*

나는 때때로 햄스터가 나오는 꿈을 꾼다.

한없이 불어났다 다시 연기처럼 사라져버리곤 하는 그 알 수 없는 생명체. 햄스터는 어디에나 있고, 또 어디에도 없다. 이조차 내가 온전히 감당해야 할 삶의 일부라고 생각하면 뭐든 견디기 쉬워진다. 나는 햄스터를 통해 그것을 배웠다.

검은 개의 희미함

위수정

2017년 동아일보 신춘문예에 당선되어 등단했다.

누군가 석유를 붓고 불을 붙인 게 분명했다. 젖을 먹이고 있던 어미 고양이와 새끼 고양이 다섯 마리 중에 살아남은 것은 어미와 새끼 한 마리뿐이었다.

진통제 들어갔으니 곧 잘 거야. 앞으로가 문젠데.

의사는 팔짱을 낀 채 심상한 어투로 말했다.

다행히 석유가 많이 닿지 않아 화상이 덜한 새끼 고양이는 어미 품에서 자고 있었다. 어미는 우리를 향해 위협적으로 이를 드러냈지만 아무 소리도 나오지 않았다. 고작 할 수 있는 위협이 작은 입을 벌려 이빨을 보이는 것뿐이라니.

나는 마치 일상의 안부를 물을 때처럼 자연스럽게 욕을 내뱉었다. 여느 안부가 그러하듯 이제는 특별히 그 뜻을 떠올리지도 않았으며 말에 실린 감정도 흐릿해져 있었다. 그저 누군가의 잔인한 장난으로 불과 몇 분 사이 삶이 바뀌어버린 고양이들에게 약간의 위로가 되기를 바랄 뿐, 아무런 영향력도 없는 말이었다. CCTV에 범행 장면이 잡혔다는 게 다행이라면 다행이었다. 그러나 범인이 잡히더라도 고작해야 벌금형으로 끝날 게 분명했다.

꼬리하고 뒷다리 하나는 절단해야 될 거야.

그것도 경과를 봐서, 살 확률이 높아지면, 이라는 말이 생략되어 있다는 것을 나는 금방 알아들었다.

나는 휴대폰으로 사진을 찍기 시작했다. 손가락을 움직일 때마다 묵직한 통증에 얼굴이 찌푸려졌다. 얼굴과 등에 입은 화상으로 붉은 살이 처참하게 드러난 어미 고양이가 프레임 안에 들어왔다. 이어서 딱딱하게 굳은 다리와 진물이 가득한 꼬리를 찍었다. 그리고 깡마른 새끼를 품에 안은 채 경계의 눈빛으로 나를 바라보는 풀샷. 이 둘은 금방 사람들의 시선을 끌 것이다. 나는 사진을 곧바로 협회에 전송했다. 사진들은 센터 계정에 업로드 될 것이고 곧 모금이 시작될 것이다. 이 정도면 모금액은 금방 달성될 테고 입양하겠다는 이도 곧 나타나리라는 예측과 어미가 버텨주지 못할 경우 새끼를 임시보호해줄 캣맘들까지 계산하는 데 그리 오랜 시간이 걸리지 않았다.

나는 의사에게 손을 들어 보이고 병원을 나섰다. 저

녁 8시가 넘어 있었다. 6월 말이었고 장마가 시작되었다. 해가 져도 여전히 후텁지근했고 이리저리 뛰어다니느라 몸은 끈적했다. 어젯밤에 과음한 탓에 머리도 무거웠다. 그러나 온종일 마음 한구석이 불편한 이유는 다른 곳에 있다는 것을 모르지 않았다. 나는 습관처럼 휴대폰을 켜보았다. R에게서는 아무런 연락도 없었다. 자조적인 웃음이 흘러나왔다. 물이 한두 방울 얼굴에 묻는가 싶었는데 갑자기 굵은 비가 쏟아지기 시작했다. 순식간이었다.

나는 근처 편의점으로 급히 들어갔다. 구석의 커다란 에어컨 앞에 가서 섰다. 뿜어져 나오는 냉기가 목덜미를 식혀주었다. 몸이 조금 가벼워지는 기분이었다. 나는 고개를 돌려 냉장고에 비친 내 모습을 보았다. 짧은 커트 머리에 헐렁한 반팔 티셔츠, 화장기 없이 까맣게 탄 얼굴, 오래된 청바지와 낡은 운동화.

누군가 다가와서 냉장고 문을 열었다. 그는 냉장고에서 음료를 꺼내며 슬쩍 나를 쳐다보았다. 그가 떠난 후 나는 고개를 숙여 내 몸에 나는 냄새를 맡아보았다. 땀 냄새가 나는 것 같았는데 이 냄새가 정말 남들한테까지 나는 걸까? 동물 냄새는 이젠 너무 익숙해서 나는 견사에 들어가도 얼굴을 찡그리지 않을 수 있게 되었다. 아마 무표정에 익숙해진 것이리라. 사실 그런 건 중요한 문제가 아닌데. 이건 모두 R때문이다. 너한테 냄새

나. 개 냄새. 초점이 흐려진 눈으로 나를 보던 R의 얼굴이 떠올랐다.

나는 생수와 맥주, 간단한 먹을거리를 사서 밖으로 나왔다. 우산은 사지 않았다. 아까보다는 잦아들었지만 여전히 비가 내리고 있었다. 한참을 걷다가 개 한 마리가 나를 따라오는 것을 발견했다. 검은 개였다. 슈나우저와 무언가가 섞인 중형견이었다. 개나 고양이가 따라오는 일은 드물었으나 아주 없는 일은 아니었다. 아마도 몸에 동물 냄새가 배어서일 거라 짐작했다. 유기되었거나 주인이 잃어버렸거나 둘 중 하나일 텐데. 나는 개를 내려다보며 생각했다. 개의 경우에는 전봇대에 묶어두거나 박스 안에 넣어 유기하는 경우가 많았다. 동물병원 앞이나 센터 앞이 단골 장소였고 공원에서도 종종 일어나는 일이었다. 그도 아니면 아예 찾아오지 못하도록 연고 없는 외지에 무작정 갖다 버렸다. 얼마 전에는 남의 건물 옥상에 버리고 간 사람도 있었다. 그러나 이런 서울의 주거 지역에 무작정 개를 떨궈놓는 일은 흔한 일이 아니었다. 개는 내 옆에 붙어 걷고 있었다. 내가 바라보면 개도 고개를 들어 나를 보았다.

털의 상태로 보아 홀로 다닌 지 얼마 되지 않은 듯했다. 얇은 목줄을 하고 있었는데 이름이나 전화번호는 적혀 있지 않았다. 개는 내 걸음걸이에 속도를 맞추었다. 일부러 멈춰서면 개도 똑같이 멈추었다. 내가 니 주인인 줄 알겠다.

집 앞에 도착해 현관 불빛 아래에서 개의 사진을 찍었다. 또다시 손가락이 욱신거렸다. 사진을 바로 협회로 보내려다 그냥 저장해두기로 했다. 병원에 데려가 내장칩 검사를 해볼 수도 있었으나 병원으로 되돌아갈 마음도, 이 시간에 협회로 데리고 갈 마음도 들지 않았다. 나도 좀 쉬고 싶은데. 나는 개의 머리를 쓰다듬으며 말했다. 개의 꼬리가 축 처져 있었다.

집 안에 들어서면 동물 비린내와 배설물 냄새가 났다. 장마철에는 더 심했다. 내가 느낄 정도면 남들에게는 훨씬 심할 것이다. 평소에는 아무렇지 않았는데 오늘은 냄새가 유독 신경을 건드렸다. 임시보호 중인 고양이 두 마리가 나의 귀가를 반기며 다가왔다. 그러나 곧 낯선 검은 개를 발견하고 털을 곤두세웠다. 말이 임시보호 중이지, 입양을 원하는 이가 도통 나타나지 않아 함께 산 지 6개월이 넘어가고 있었다. 얼마 전 안구 한쪽을 수술한 새끼 강아지가 케이지 안에서 낑낑댔다. 협회 보호소에는 더 이상 빈자리가 없었다.

나는 검은 개를 베란다로 옮긴 후 창을 닫았다. 잠깐만 여기 있어. 내 말을 알아 들은 것인지 개는 짖지도 않고 바닥에 코를 대고 냄새를 맡으며 베란다를 서성였다. 나는 옷을 갈아입기도 전에 동물들의 배설물을 치우고 사료와 물을 채워주었다. 그리고 속옷만 입고 청소를 시작했다. 늦은 시각이었음에도 청소기를 돌렸다. 배변 판을 락스로 닦았다. 하는 김에 욕조와 변기 청소까지 마친 후 마지막으로 샤워를 했다. 뜨거운 물을 맞으며 눈을 감았다. 인간을 그렇게 소중히 여겨봐. 비난조로 내뱉던 R의 목소리가 또렷하게 머리에서 살아났다.

샤워를 마치고 나오자 그 사이에 휴대폰에는 무수한 알림이 와 있었다. 내일 열리는 육견협회의 시위를 제지하기 위해 같은 장소에서 동물보호협회 사람들과 시민들의 모임이 있을 예정이었다. 사진 속의 개들은 녹슨 철창 안에서 제대로 서 있지도 못한 채 빽빽하게 뒤엉켜 있었다. 공포와 피로가 뒤섞인 표정들이었다. 차라리 빨리 죽는 게 낫지 않을까. 언제부턴가 속으로 자꾸 생각하게 되는 말이었다. 안락사를 결정하는 데 예전처럼 오랜 시간이 걸리지 않았다. 협회 사람들의 의견에 강한 동조도 반대도 하지 않은 지도 꽤 되었다. 개인 메시지 창에는 구조 요청이 또 들어와 있었다. 나는 휴대폰을 무음으로 전환시켰다.

냉장고에서 전날 먹고 남은 찌개를 꺼내어 데웠다. 밥상을 차려 급하게 밥을 먹었다. 입 안에서 고양이 털이 밥과 함께 씹히는 것 같았지만 그냥 삼켰다. 고양이 한 마리가 식탁 위로 점프해서 올라왔다. 그 바람에 반찬 그릇 하나가 엎어졌다. 나는 순간 욱해서 고양이를 세게 쳐서 식탁 밖으로 밀어버렸다. 놀란 고양이는 비명 비슷한 소리를 내고는 후닥닥 사라졌다. 그래도 화가 가시지 않아 나는 식탁에 앉아 큰 소리로 욕을 내뱉었다. 울고 싶었다. 그러나 입술을 깨물고 울음을 참았다. 지기 싫은 기분이었다.

진통제를 두 알 삼키고 자리에 누웠다. 빗방울이 창에 부딪히는 소리가 들렸다.

아무도 적극적으로 도와주지 않았다. 개돼지가 짐승이지 사람이냐? 사람도 짐승처럼 사는 마당에.

개들은 다른 개들을 구해줄 수 없잖아. 나의 힘없는 목소리가 그 자리의 누구에게도 가닿지 않을 거라는 것을 알았다.

그래, 막돼먹은 인간들도 있기는 하지. 그래도 그런 부분까지 어떻게 법으로 다 하냐? 짐승은 짐승처럼 살다 가는 게 순리야. 까놓고 말해서, 너는 고기 안 먹어? 적당히 하자, 적당히.

나는 이 대화가 어떻게 진행될지 뻔히 보였고 뒤이어 깊은 피로감이 밀려왔다.

자자, 이제 그만하자. 개는 이제 안 먹어도 되잖아. 안 그래도 먹을 게 널렸는데.

옆에 앉은 누군가가 겨우 한마디 거들고 잔을 들었다. 인간을 도와, 인간을. R은 끝까지 물고 늘어졌다. R과 같은 부류에 대해 나는 너무나 잘 알고 있었다. 또한 자리에 있는 모두가 이런 대화가 이어지길 바라지 않는다는 사실도.

예전의 나는 분노했었다. 무구한 짐승들을 잡아 재미로 불을 붙이고, 염산을 붓고 전깃줄로 목을 매달아 전시하는 인간들에게. 개들에게 발정 촉진제를 투여해서 죽도록 새끼를 빼고 이후에는 개고깃집에 헐값에 넘기는 인간들에게. 아무런 죄책감 없이 전기 봉으로 개가 죽을 때까지 지지는 개백정들에게. 산채로 털가죽을 벗겨 옷을 만드는 업자들에게. 그리고 무엇보다도 그러한 일들을 쉽게 외면해버리고 소비하는 수많은 방관자들에게. 그런데 지금은 분노로 에너지를 낭비하기보다는 당장 눈앞의 일들을 처리하는 일에 익숙해져버렸다. 심지어 동물을 삶의 기반으로 삼고 있는 사람들을 혐오하면서도 그 무심함이 자꾸 이해되려고 해서 괴로웠다. 나는 더 이상 R의 말에 대꾸하지 않았다. 대신 속에서 올라오는 말을 술과 함께 몸 속 깊이 삼켜버렸다.

그때 내가 여덟 살이었나, 아홉 살이었나. 어느 순간 R의 목소리가 다시 들려왔다. 어릴 때 동네 아줌마가 요만한 새끼 강아지를 준 적이 있어. 하여간 학교 끝나기가 무섭게 곧바로 집에 뛰어가고 그랬거든. 강아지 볼 생각으로. 그런데 사흘 만에 아줌마가 다시 개를 데려갔어. 자기 아들이 매일 운다고. 난 그때 받은 상처로 다시는 개를 안 키우기로 했지. 그때 이후로 동물은 쳐다도 안 보니까.

나는 맥주잔을 든 손으로 테이블을 내리쳤다. 잔이 깨졌던가. 맥주가 튀어 얼굴에 닿았던가. 아니면 그냥 맨주먹을 내리쳤던가. 완전히 취했던 건 R이 아니라 나였던가. 그 이야기를 한 것이 R이 맞나. 나는 정확히 누구의 말인지 기억나지 않는 그 이야기에 그때까지 참았던 분노가 터져버렸고 주먹으로 무언가를 내리쳤다. 그 기억만은 분명했다.

동물이 없는 곳으로 휴가를 가고 싶다. 식물들만 있는 나라로. 케이지 안에서 낑낑대는 강아지 소리를 들으며 나는 작게 웅얼거렸다.

강아지는 이제 겨우 4개월 정도 되었고 한 달 전쯤 눈에 꼬챙이가 박힌 채로 발견되었다. 강아지는 애꾸눈이 되었다. 대수롭지 않는 일이었다. 보통 사이즈의 봉지에 들어갈 만한 크기였다. 강아지를 봉지에 넣고 입구에 돌멩이를 달아 묶어서 한강에 던져버리면 아무도 모를 것이다. 고양이들 역시 목을 조르고 천천히 스물까지만 세면……. 그렇게 쥐도 새도 모르게 사라지는 동물들이 많겠지. 나도 할 수 있을 것 같았다. 어렵지 않을 것이다.

나는 설핏 잠이 들었다가 꿈에서 발을 헛디뎌 화들짝 깨어났다. 사방이 고요했다. 발밑으로 누운 고양이들이 만져졌다. 무거운 몸을 일으켜 물을 마시러 거실로 나왔을 때 나는 가슴이 철렁 내려앉았다. 까마득히 잊고 있었다. 검은 개.

개는 앉은 채로 베란다 창을 통해 가만히 나를 바라보고 있었다. 나는 베란다로 뛰어갔다. 야, 이 새끼야. 왜 가만히 있었어. 왜! 심장이 빠르게 고동치는 나와 달리 개는 일어서서 조용히 꼬리를 흔들었다. 손에 닿는 개의 몸이 차가웠다. 눈물이 핑 돌았다. 나는 개를 데리고 들어와 따뜻한 물로 목욕을 시켰다. 물을 뿌리기 전에 목걸이를 풀었다. 빨간 가죽 목걸이의 감촉이 부드러웠다. 잃어버렸구나. 개는 목욕이 처음이 아닌 듯 익숙한 자세로 몸을 맡겼다. 나도 모르게 자꾸 한숨이 나왔다. 짖기라도 하지. 알아듣지 못할 거라는 걸 알면서도 나는 계속해서 개를 탓했다. 털을 말린 후 사료와 통조림을 비벼 주었다. 개는 단번에 두 그릇을 비우고 한참 동안 물을 마셨다. 어느새 고양이들이 거실로 나와 멀찌감치 자리를 잡고 개와 나를 보고 있었다. 강아지도 일어나 다시 낑낑대며 철창을 긁었다. 검은 개가 강아지에게 다가가 냄새를 맡았다. 나는 우리에서 강아지를 꺼내주었다. 창밖이 파랗게 밝아오고 있었다.

눈을 떴을 때엔 정오가 가까운 시각이었다. 휴대폰을 열어보니 수십 통의 메시지와 부재중 전화가 와 있었다. 늘상 있는 일이었다. 나는 협회에 전화를 걸어 오늘은 쉬겠다고 했다. 일요일이었고 봉사자들도 다수가 참가하기로 했기에 집회에서 손이 모자라는 일은 없을 거라는 판단도 있었다. 아, 그리고 혹시 이 지역에 개 잃어버렸다는 소식 들어온 거 없어요? 중형 믹스견이고 검정 모에 암컷……. 내 말이 끝나기도 전에 아, 있어요. 사진 보낼 테니 보세요. 하는 말이 돌아왔다. 사례금 오십만 원. 이름은 순순이. 저희에게는 식구와 다름없는 개입니다. 사진 속 검은 개의 목에는 빨간 가죽 목걸이가 채워져 있었다. 순순아. 너네 주인이 너 찾는다. 좋지? 개는 이름을 알아들은 것인지 귀를 접고 꼬리를 흔들었다.

어깨부터 팔목까지 현란한 문신으로 뒤덮인 남자가 순순이를 보고 울먹였다. 도대체 누구를 따라간 거야. 낯선 사람 따라가면 죽는 거야, 바보야. 그는 내가 옆에서 있는 것도 잊은 듯 개를 쓰다듬었다 안았다 했다. 그 모습에 새삼 마음이 아렸다. 동물 등록 하셨어도 목걸이에 주소랑 이름, 전화번호 적어서 부착하셔야 해요. 마음과 달리 건조한 목소리가 흘러나왔다. 순순이처럼 사람 잘 따르는 개는 더더욱 조심하셔야 됩니다. 아직도 남의 개를 훔쳐가서 건강원에 팔아넘기는 사람들이 많다는 말은 하지 못했다. 남자는 고개를 끄덕이며 먼저 사례금 이야기를 꺼냈고 나는 못 이기는 척 정 그러면 협회에 기부해달라고 했다. 순순이는 꼬리를 힘차게 흔들며 뒤도 한번 안 돌아보고 주인을 따라갔다.

집으로 돌아와 잠깐 고양이들과 놀아주었다. 강아지를 우리 밖으로 꺼내주자 고양이들에게 다가가 냄새를 맡았다. 날이 갠 김에 빨래를 돌리려 베란다로 나갔다가 바닥에 오줌 얼룩을 발견했다. 나는 바닥에 락스를 뿌리고 물청소를 시작했다. 순순이가 쌌구나. 나는 솔로 바닥을 문지르며 혼잣말을 했다. 물을 한참 뿌리다가 고개를 들자 고양이들이 거실에서 비닐봉지를 가지고 노는 것이 보였다. 강아지는 구석에서 잠들어 있었다. 둘리, 또치, 그리고 희동이. 거실의 동물들을 보다 문득 떠오른 이름이었다. 그렇게 부르니 정말로 둘리, 또치, 희동이처럼 보여서 웃음이 났다.

수도를 잠그고 베란다 창을 열어 환기를 시켰다. 바람에서 여름 냄새가 났다. 초록의 이파리가 햇빛을 받으면 이런 냄새가 나는 걸까. 나는 크게 숨을 들이마셨다. 온화한 기운이 몸속으로 퍼지는 듯했다.

주머니에서 휴대폰을 꺼내어 R에게 메시지를 보냈다.

그러니까 너는 꼭 인간을 도와줘.

그건 진심이었지만 그대로 전달이 될지는 알 수 없었다.

물기가 빠져나간 바닥에 검은 얼룩이 희미하게 보였다. 그림자인가, 아니면 햇빛을 오래 바라봐서 생긴 순간적인 환시인가. 눈을 깜박여보았다. 여전히 그 자리에 희미하지만 거무스름한 얼룩이 남아 있었다. 쪼그리고 앉아 그곳에 손을 대어보았다. 따뜻했다.

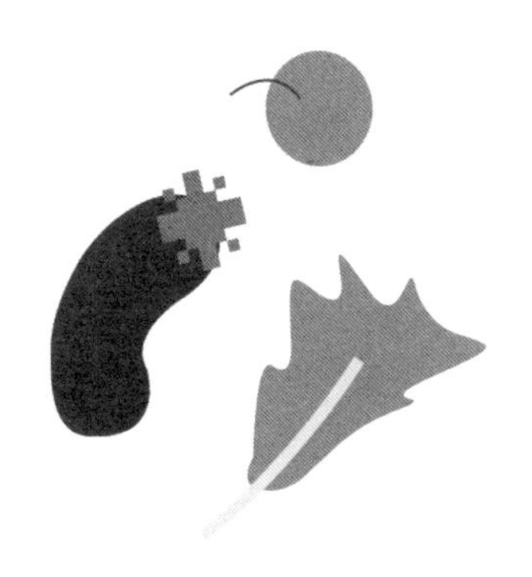

새 식구가 오던 날

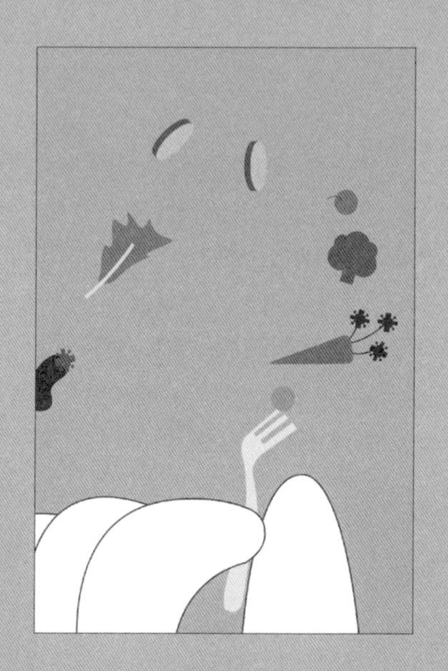

이순원

1985년 강원일보 신춘문예, 1988년 『문학사상』으로 등단했다. 소설집 『그 여름의 꽃게』 『말을 찾아서』 『첫눈』 『은비령』, 장편소설 『우리들의 석기시대』 『압구정동엔 비상구가 없다』 『첫사랑』 『19세』 『순수』 『삿포로의 여인』 등이 있다. 동인문학상, 현대문학상, 이효석문학상, 한무숙문학상, 동리문학상 등을 수상했다.

부엌과 붙은 외양간에서 이 집의 젊은 주인은 암소의 출산 준비를 했다. 사람만 출산 진통을 겪는 게 아니었다. 사람은 어디가 어떻게 아프다고 소리치고 하소연이라도 하지 소는 너무 아파 참을 수 없을 때만 흐헝, 흐헝 하고 깊은 신음을 토하듯 울음소리를 뱉어냈다.

일부러 그렇게 날을 맞추기라도 한 듯 그날 아침에 이 집 새댁이 아이를 낳았다. 그래서 친정어머니가 와서 해산 수발을 했다. 친정어머니는 부엌에 나와 딸에게 먹일 미역국을 끓이고 밥을 지으며 부엌 옆의 외양간을 수시로 살펴보았다.

이 집의 젊은 안주인이 몸을 푼 날 외양간에서 송아지 때부터 키운 암소가 새끼를 낳으려 아까부터 얕은 신음소리를 냈다. 딸의 해산 수발을 하는 새댁의 어머니가 젊은 사위에게 물었다.

"이 소가 처음 새끼를 낳는 소지?"

"예. 소도 처음이고, 저도 송아지를 처음 받아보는지라 불안하네요."

신랑이 말했다. 그렇다고 소의 출산을 도와본 다른 사람을 부를 수도 없었다. 아침에 아내가 몸을 푼 다음 신랑은 왼새끼를 꼬아 새끼 사이사이에 고추와 창호지를 끼워 사립문에 금줄을 쳐놓았다. 그날 아이를 낳은 집에 송아지가 새끼를 낳는다고 금방 쳐놓은 금줄을 걷고 동네 사람을 불러들일 수는 없는 일이었다.

"이 사람아, 너무 걱정 말게. 사람에게 삼신할머니가 있듯 소도 삼신이 따로 있다네. 소 삼신께서 다 살펴봐 주실 테니 자네도 소가 언제 어떤 기척을 하나 옆에서 잘 지켜보게."

새댁의 어머니는 바가지에 밥 한 그릇 구정물 한 그릇을 떠서 구유에 올려놓고 빌었다. 소 삼신에게는 정화수보다 구정물이 더 진수성찬이었다.

"이 댁에 오는 수자동이 금자동이 해산 거드느라
이 늙은이가 여기 외양간의 생구(소) 삼신님을 미처 살피지 못했구랴.
어질고 영험하신 생구 삼신께서는
이 늙은이 정성 소찬이라도 대례로 받으시고

저기 누워 있는 저 미물 애 많이 쓰지 않고도
다른 소들 사흘같이 할 전답 하루같이로 끝낼
사대 튼튼한 견우 송아지 순산토록 보살펴주소서."

새댁 어머니의 비손 속에 해산 소는 아까부터 외양간 바닥에 비스듬히 누워 애를 쓰고 있었다. 신랑은 외양간 바닥에 짚을 더욱 푹신하게 깔았다. 소는 앉았다가 힘들면 일어서고, 일어서 있는 게 힘들면 다시 몸을 비스듬히 하고 앉았다. 젖도 많이 불었고, 곧 새끼를 낳을 사타구니 언저리도 적잖이 부어올라 있었다.

그러다 점심참이 지난 다음 첫 탯물이 터져 나왔다. 해산 소는 다시 자리에서 일어섰다. 구유에는 여물이 넘치도록 담겨 있고, 바가지에 삼신판까지 차려져 있지만 그런 것은 안중에도 없는 듯 해산 소는 으헝, 하고 신음 같은 울음소리를 뱉었다.

이윽고 해산 소 몸 바깥으로 송아지 발굽이 보였다.

"나오네요. 그런데 이거 머리부터 나와야 하는 게 아닌가요?"

젊은 사위가 물었다.

"머리부터 먼저 나오자 해도 소는 앞발부터 내밀어야 머리가 나오지. 잘 지켜보게. 두 발이 가지런히 나오는가?"

부엌에서 새댁의 어머니가 물었다.

"아뇨. 우선은 발 하나만 보이는데요. 그런데 이게 뒷발이면 어떻게 하쥬?"

사위는 겁이 더럭 났다. 그러기에 해산 소를 씨소에게 데려가던 날, 씨소와 엉뚱한 내기를 하는 게 아닌데 그랬다는 생각만 자꾸 머릿속에 어떤 불길한 기운처럼 드는 것이었다.

태어나 처음 암내를 내는 소를 끌고 씨소가 있는 집에 가서 교미를 시키던 날 신랑은 집에 돌아가면 아내에게 우리도 얼른 둘째를 보자고 말할 생각이었다. 예전부터 어른들이 말했다. 사람과 소의 수태 기간이 어느 것이 더 빠르고 늦고도 없이 비슷하다고 했다. 소와 사람에 따라 차이가 나는 것이 아니라 사람과 사람의 차이에 따라, 또 소와 소의 차이에 따라 며칠 빠를 수도 있고 늦을 수도 있다고 했다.

그날 밤 신랑은 아내의 몸을 안다가 씨소 집에서 혼자 몰래 발칙한 생각을 했던 것을 떠올리며 다시 입가에 웃음을 흘렸다.

"왜 웃는데요?"

"그럴 일이 있다네. 오늘 씨소 집에 갔다가."

"거기서 뭐 좋은 거라도 보고 왔나요? 사람 안고 실실거리는 게."

"그래, 좋은 걸 보고 왔지. 이왕 보고 배운 김에 씨소하고 누가 더 기운이 셀지 내기까지 미리 걸고 왔다네."

"소하고요? 그러면 사람이 지지 않나요?"

"아니지. 오늘 내가 당신을 안은 다음 내년에 당신이 해산을 더 빨리하면 내가 더 기운이 센 거고, 외양간의 암소가 더 빨리 몸을 풀면 그 놈이 더 기운이 센 거고."

"아니, 이이가 정말 짓궂게, 소하고 나를……."

그날 밤은 아내도 함께 웃었지만, 지금 외양간의 사정은 웃을 일이 아니었다. 아내의 출산과 겹치지 않았다면 마을에 송아지를 여러 번 받아본 사람을 부를 수도 있었다.

"여보게, 바깥으로 나온 발굽의 발바닥이 아래쪽으로 있는가, 위쪽으로 있는가?"

새댁의 어머니가 물었다.

"아래쪽인데요."

"됐네, 그럼. 바로 나오는 거니까 걱정하지 말게. 먼저 나온 발바닥이 아래쪽이면 앞발이고, 위쪽이면 뒷발이니까."

"장모님은 어떻게 그런 걸 다 아신데요?"

"이 사람아. 사람 해산 수발이야 남녀가 따로 있지만, 소든 돼지든 짐승 해산 수발에 안팎이 어디 있는가? 지금이야 이 집 자손 받아낸 손이라 거기에 함부로 내밀어 섞지 못하고 멀찍이 바라만 보고 있는 거지. 자네는 내가 이르는 대로만 하게."

새댁 어머니의 말이 신랑에게는 든든한 힘이 되었다.

해산 소는 몸 뒤에 송아지의 앞발 하나만 내밀어놓고 앉았다 일어섰다를 반복했다. 스스로 힘든 것을 참는 것도 있겠지만, 신랑이 보기에 그런 동작으로 배 속의 송아지가 몸 밖으로 나오는 걸 돕는 것 같기도 했다. 아침에 아내가 아이를 낳는 시간도 그랬지만 소가 새끼를 낳는 시간도 절로 입술이 말랐다.

다시 한 식경쯤 시간이 흘러서야 앞발굽 두 개가 가지런히 나오고 송아지의 코가 보이고 머리가 나오기 시작했다. 소는 여전히 앉았다 일어섰다를 반복하며 송아지의 몸을 밖으로 밀어내려고 애썼다. 좀 더 기운을 쓰면 바로 금방 낳을 것도 같은데 초산이라 그런지 해산 소도 힘을 쓰다가 중간에 자꾸 맥을 놓았다.

이윽고 송아지의 몸통이 절반쯤 나오고 뒷다리의 허벅지 부분이 보이기 시작할 때 비스듬히 누웠던 소가 다시 자리에서 일어섰다.

"거기에 손을 받치고 섰게."

부엌에서 새댁의 어머니가 일러주었다. 신랑은 얼른 송아지가 나오는 해산 소 꽁무니에 두 팔을 내밀어 받쳤다. 잘못하면 송아지가 어미의 자궁 높이에서 고개가 꺾인 채 땅바닥으로 바로 뚝 떨어질 수도 있었다. 이윽고 송아지가 신랑의 두 팔에 안기듯 떨어졌다. 탯줄은 어미 배 속에서 바깥으로 나오며 저절로 끊겼다.

신랑은 두 팔로 받쳐 든 송아지를 미리 푹신하게 깔

아놓은 짚 위에 내려놓았다. 그런데 송아지가 눈은 동그랗게 뜨고 자기를 안고 있는 신랑을 쳐다보면서도 숨을 쉬지 않는 것이었다. 신랑은 이미 진작부터 정신이 하나도 없었다.

"어, 이게 숨을 안 쉬어요."

"놀라지 말게. 탯물이 들어가서 그러니 콧구멍을 훑어주게. 입도 벌려주고."

신랑은 새댁의 어머니가 시키는 대로 얼른 송아지 콧구멍에 손가락을 넣었다. 묽게 쑤어놓은 풀처럼 끈적한 물이 손바닥 가득 코에서 흘러나오며 비로소 송아지가 음메, 하고 첫울음을 터뜨렸다. 입에서도 풀 같은 물이 계속 흘러나왔다.

어미소가 송아지 쪽으로 고개를 돌려 송아지의 미끌미끌한 몸을 구석구석 핥아주기 시작했다. 탯줄은 송아지 배에서 반 뼘쯤 길이를 남기고 끊겨 있었고, 거기에 붉은 피 몇 방울이 탯줄 끝으로 흘러 모였다.

"이제 거기 짚으로 소 발굽을 잘 닦아주게. 발굽 옆에 쓸데없이 붙어 있는 군살 찌꺼기도 한 꺼풀 싹싹 문질러 벗겨내고."

"발굽은 왜요?"

"그래야 소가 나중에도 발굽이 넓어져 걸음도 제대로 걷고 기운도 제대로 쓰는 법이라네."

신랑은 새댁의 어머니가 그런 것까지 알고 있는 게

그저 존경스럽기만 해 시키는 대로 송아지의 발굽을 정리해주었다. 어릴 때 할아버지가 외양간에서 소를 받고 나서 제일 먼저 해주는 일이 발굽을 까주는 것이라는 말을 어렴풋이 들었던 것 같기도 했다.

어미 소의 입김을 받자 송아지는 자리에서 일어나려고 애를 썼다. 어미소는 새끼 송아지를 핥고 또 핥았다. 그냥 새끼가 이뻐서만 핥는 게 아니라 아까 새댁의 어머니가 삼신할머니한테 비손할 때처럼 이제 막 태어난 새끼를 위해 무언가 중얼중얼 주문을 외듯, 어루만지며 기도하듯 핥는 것이었다. 그러자 미끌미끌하던 몸이 조금씩 말라가며 송아지가 비틀비틀 자리에서 일어섰다. 처음엔 용수철로 만든 목마처럼 네 다리를 후들후들 떨다가 가까스로 균형을 잡았다.

어미 배 속에 같이 열 달을 있어도 사람은 태어나 돌이 가까워야 땅을 딛고 일어서지만 송아지는 어미가 혀로 핥아 털을 말리는 동안 자리에서 일어나야 했다. 더 빠르게 일어서는 송아지도 있고, 조금 늦게 일어서는 송아지도 있지만, 아무리 늦어도 하루 안에는 자기 몸을 추스르고 일어나야 어미젖을 물 수 있었다.

그러나 젖을 물기 위해서만 그러는 게 아니었다. 지금은 집소로 생활하여도 애초의 태생은 야생의 들소였다. 아직 땅 위에 인간이 출현하지 않은 그 시절, 그들의 상대는 지금 사자보다 훨씬 덩치가 큰 동굴사자와 호랑이와 무리를 지은 늑대들이었다. 막 태어나 땅 위에 금방 던져진 몸이라 하더라도 한자리에 오래 머뭇거릴 시간이 없었다. 비틀거리고 후들거리면서라도 일어서야 하고, 또 그들이 쫓아오면 바로 쫓기며 달려야 했다.

뒤늦게 자세히 살펴보니 이마에 별이 박힌 송아지였다. 몸의 물기가 마르자 별의 윤곽이 보다 선명하게 드러났다.

"별박이네요. 암송아지구요."

그제야 신랑이 긴 한숨을 내쉬며 신기한 듯 말했다.

"별박이라?"

"예."

"그럼 이 집 외양간에 귀한 소가 온 거네. 나중에라도 오늘 자네가 제 몸을 받아준 은공을 알고 여기 외양간이 가득 차서 다시 짓도록 새끼를 채울 게야. 이제 밖으로 나와서 왼새끼 한번 더 꼬아서 외양간 문 앞에도 금줄을 치게. 암송아지를 낳았으니 창호지 하고 솔가지를 끼워서."

다시 새댁의 어머니가 위로하듯 덕담을 건넸다.

송아지는 어미 소가 입과 몸짓으로 이끄는 대로 어미의 사타구니 쪽으로 고개를 디밀어 젖을 찾았다. 송아지가 물기 좋게 젖꼭지 네 개가 길쭉하게 아래로 뻗어 있었다. 그걸 어떻게 알고 찾아 무는지 바라보는 신랑으로서는 그저 신기할 뿐이었다. 송아지는 힘차게 어미젖을 빨았다.

"아이구, 고맙게도 소 삼신께서 제대로 이끌어주시는구만."

송아지가 기진하여 미처 물지 않거나 어미 소가 출산을 너무 고통스럽게 해 송아지가 다가오는 것도 귀찮아 물지 못하게 하면 사람의 힘으로 억지로라도 물게 해야 하는 것이 바로 초유였다. 초유는 빨리 먹으면 빨리 먹을수록 좋았다. 송아지가 제대로 젖을 빨지 못하면 산 너머 마을의 무당까지는 부르지 않더라도 새댁의 어머니가 또 한 번 구유 위에 새 밥과 새 구정물을 떠놓고, 더듬더듬 우마경이라도 외는 흉내를 냈을 것이다. 사람 젖은 동냥하여 먹일 수 있어도 소젖은 꼭 생구 삼신이 점지해준 제 어미의 젖이어야 했다.

어미 몸 안에서 새끼를 감싸고 있던 태반은 한참이나 지나서야 나왔다. 담으면 삼신 바가지 하나 가득될 양이었다. 어미 소는 제 몸에서 나온 태반을 긴 혀를 내밀어 도로 입 속으로 삼켰다.

"저거 먹어도 괜찮은가요?

신랑은 걱정스러운 얼굴로 물었다.

"괜찮다네. 집을 비워 사람이 미처 보지 않을 때 송아지를 낳으면 어미 소가 저거부터 먹어치운다네."

아마도 그래서 사람들은 그것이 다시 어미 소의 배 속으로 들어가야 다음 새끼를 낳는다고 여기는 것인지도 몰랐다. 걱정스러운 얼굴로 바라보긴 했지만 신랑도 어린 시절부터 그렇게 들었다. 그러나 송아지가 태어나자마자 달릴 수 있어야 하는 것처럼 어미 소가 태반을 먹는 것도 그랬다. 자기 배 속에서 열 달간 새끼를 감쌌던 태반을 누가 볼세라 얼른 먹어치우는 것 역시 야생의 시절 맹수에게 쫓기며 살아야 하는 초식동물로서의 슬픈 운명 때문이었다.

출산 순간부터 이리 같은 천적들은 새끼 송아지의 몸을 노리고, 어미 소는 새끼와 함께 몸 밖으로 나온 태반을 억지로 삼켜서라도 출산의 흔적을 없애야 했다. 그것은 오랜 세월 인간에게 길들여지고 인간과 함께 생활해온 소들의 자궁이 간직하고 있는 야생의 본능이었다.

때로 그걸 삼키고 식체를 일으키기도 했다. 그럼에도 내 몸보다 소중한 새끼의 목숨을 지키기 위해 어미 소로서 반드시 먹어야 하는 게, 먹어서 말끔히 흔적을 없애야 하는 게 바로 그것이었다. 그것을 후대의 어느 몹쓸 목축업자가 소의 먹이에 소뼈와 소머리를 바수어 섞은 일과 비슷하게 여기거나, 그렇게 한 짓에 대해 면죄부와도 같은 근거로 여긴다면 그거야말로 인간들 스스로 자기 어미가 가지고 있는 자궁 안의 모성을 모독하는 일이었다.

그날 그렇게 새신랑 집에 아이와 송아지가, 새 식구가

나란히 함께 태어났다.

무민은 채식주의자

이장욱

2005년 문학수첩작가상을 받으며 작품 활동을 시작했다. 소설집 『고백의 제왕』 『기린이 아닌 모든 것』, 장편소설 『칼로의 유쾌한 악마들』 『천국보다 낯선』 등이 있다.

나는 고기를 뒤집었다. 고기는 향긋한 냄새를 피우며 익어갔다. 젓가락으로 한 점을 집어 소금과 참기름에 순서대로 찍어 입에 넣었다. 부드럽고, 고소하고, 오묘한 느낌이 입 안을 메웠다.

맛있다.

그 이상을 표현할 능력이 나에게는 없다.

*

나와 달리 무민은 채식주의자였다. 세미도 페스코도 아니고 비건이라고 했다. 그와 동거하는 동안 나는 그의 스타일에 맞추었다. 즉, 고기를 절제했다. 절제한 게 아니라 사실상 끊었다고 해도 좋았다.

원래 나도 고기를 그리 좋아하는 편은 아니었기 때문에 어려운 일은 아니었다. 콩고기, 견과류, 세이탄, 비건 요거트, 아보카도 같은 먹을거리들에도 금방 적응했다. 그랬으니 우리에게는 아무런 문제가 없다고 생각했다. 실제로 별다른 트러블이 없었다. 그와 나 사이에도, 나와 고기 사이에도.

하지만 무민은 나를 떠났다. 이유가 달리 없었다. 떠날 때가 된 것 같아. 그뿐이야. 무민은 나를 바라보며 그렇게 말했다. 대꾸할 말이 없었다. 한 시절이 끝났다는 것만을 직감했을 뿐이다. 뭔가 이유가 있겠지만, 그걸 알아도 달라질 것은 없어 보였다. 어느 소설 구절을 바꿔 말하자면, 만나는 사람들은 한 가지 이유로 만나고, 헤어지는 사람들은 각자의 이유로 헤어진다.

그 후로 내 생활은 모든 면에서 바뀌었다. 자는 시간도 일어나는 시간도 여가를 보내는 방식도 180도로 변했다. 표정이라든가 말투는 물론이고 길을 걸을 때의 자세까지 바뀐 느낌이었다. 특히 식습관이 그랬다. 무민이 떠난 후 나는 매 끼니마다 고기가 없으면 기갈을 느꼈다. 떠난 건 무민인데 왜 고기에 기갈이 느껴지는지 알 수 없었다. 하도 기갈이 느껴지길래, 기갈이란 무엇인가 싶어서 사전을 찾아보았다. 기, 갈. 굶주릴 기, 목마를 갈. 굶주림과 갈증. 딱 그런 증상이었다.

나는 무슨 복수라도 하듯이 고기를 탐하게 되었다.

그간 부족했던 단백질을 보충하기 위해서가 아니었다. 말 그대로, 육식에 대한 욕망이 나를 덮쳤다. 공격하고, 습격했다. 나무망치로 무릎을 탁 치면 발이 휙 올라오는 느낌이었다. 무한 동력을 가진 자동 기계 같은 것이 내 안에서 움직이는 것 같았다. 참을 수 없어서, 참을 이유가 없어서, 나는 격렬하게 고기를 먹었다.

처음에는 배가 고플 때만 식욕을 느꼈는데, 얼마간 시간이 지난 뒤에는 굶주림이라든가 그런 것과 상관이 없었다. 배가 고프건 아니건, 기분이 좋건 나쁘건, 아침이건 저녁이건, 생시에서건 꿈속에서건, 무분별하게, 고기가 당겼다. 꿈에서도 식욕을 느끼나. 나는 웃었다.

어느 날은 혼자 길을 걸어가다가 '고깃집'이라고 적힌 간판을 보았다. 아무런 형용어도 없이 그냥 '고깃집'이었다. '고깃집'이라니. 이름이 참 폭력적이네. 나는 그렇게 중얼거렸지만 내 몸은 쇳가루가 자석에 끌리는 것처럼 움직였다. 분명히 바쁜 일이 있었는데도 나는 그 '고깃집'의 유리문을 힘차게 밀고 들어갔다. 의지와 무관하게 발과 손과 몸이 그렇게 움직였다. '고깃집'에는 손님이 많았지만 상관하지 않았다. 한가운데 놓인 테이블에 턱 걸터앉아서 맹렬하게 식사를 시작했다. 결국,

혼자 9인분을 먹어치웠다.

남기지 않았다.

'고깃집'을 나온 뒤에 조금 걸었다. 위장이 가득 차서

당장 토할 정도였는데도 또 고기가 당겼다.

미쳤구나, 확실히.

그런 생각이 들었다. 그런 생각이 들자마자 곧바로 눈에 뜨이는 신경정신과에 들어갔다. 나는 생각과 행동 사이가 짧은 게 문제였다. 이렇게까지 해야 하나 싶었지만 방법이 없었다. 일단 정신적으로 감당이 되지 않았다.

의사는 역시 의사였다. 모든 것을 꿰뚫고 있다는 듯 온화한 표정으로 그는 이렇게 말했다. 고기를 먹는 것에 거부감을 갖지 마십시오. 거부감이 오히려 역효과를 불러일으킵니다. 고기가 먹고 싶으면 고기를 먹으세요. 먹으셔야 합니다. 참으면 병이 되니까요.

명쾌한 논리였다. 대꾸할 말이 없었다. 나는 용기가 생겼다. 병원에 오길 잘했다는 생각이 들었다. 고기를 먹어도 좋다니. 자유란 이토록 단순하고 아름다운 것이구나.

집에 돌아오는 길은 즐거웠다. 기대감으로 가득했다.

무슨 기대감?

우리 집에는 냉장고가 있었다.

그것을 빨리 열고 싶었다.

*

나는 냉장고를 열었다. 섭취할 고기를 선택하기 위해서였다. '섭취'보다는, 아무래도 의사가 권한 것이니까, '복용'이 맞지 않나. 그럴 것이다. 나는 흐뭇한 기분으로 '복용'할 고기를 고르기 시작했다.

냉장실 상단에는 안심, 등심, 뱃살이 순서대로 보관되어 있었다. 아무래도 기름진 뱃살은 최고의 부위다. 내가 좋아하는 것은 적당히 연수가 찬 수컷의 것이다. 과연, 발간 속살에 지방이 적절한 간격으로 겹과 층을 형성하고 있었다. 거의 완벽에 가까운 마블링이라고나 할까.

적절한 온도의 냉장은 맛의 보존에 필수적이다. 물론 너무 낮은 온도는 곤란하지. 나는 알고 있었다. 고기를 보관할 때는 적어도 영하 1.7도 이상은 되어야 한다는 것을. 영하 1.7도 이하로 내려가면 냉동이 되어버리기 때문에 조직이 굳는다. 그러면 고기가 부드럽지 않게 되고 식감이 망가진다. 반대로 영상 2도 이상으로 올라가는 것도 좋지 않다. 미생물이 증식을 시작하는 온도이기 때문이다. 영상 2도 이하, 영하 1.7도 이상으로 보존할 것. 그것은 일종의 규칙이다.

물론 장기 보관을 위해 냉동실에 넣어둔 것도 있다. 이 경우는 영하 18도가 적절하다. 산 것이건 죽은 것이건 보관 방법과 온도는 맛의 보존에 영향을 미친다. 냉동실의 맨 위 칸부터 시작해서 가슴살, 엉덩이살, 허벅지살 등을 차례로 넣어두었다. 실제 위치에 따라 부위별로 배열해둔 것이다. 그때그때 기분에 따라 해동을 시켜 조리하면 된다. 갈비 역시 냉동실에 보관했는데, 24개의 갈비뼈를 일일이 비닐로 싸서 넣어놓았다. 찜을 위해 고깃살을 붙여놓기도 했다. 뼈와 살코기의 비율을 적절히 맞추는 것이 중요하기 때문에 세심하게 주의를 기울여야 한다. 품이 좀 들긴 하지만 아무래도 이건 갈비가 아닌가.

다리는 통째로 냉동실 하단에 보관했다. 내 경우는 허벅지 부위에서 발목까지, 절단 없이 그대로 넣어두는 편이다. 절단을 해놓으면 신선도에 문제가 생긴다. 무릎 관절을 적절히 접어서 보관하면 냉장고 크기에도 딱 맞았다. 맨 아래 따로 마련된 냉동칸에는 마이너하지만 힙한 부위들을 보관했다. 껍질은 유리 재질의 보관 용기에 따로 담아놓았다. 필요에 따라 꼬치에 끼워 바싹 구우면 쫄깃한 맛이 일품이었다. 가장 공을 들여서 보관하는 것은 머리와 내장이다. 보기에 따라서는 좀 특이한 취향이라고도 할 수 있겠지만, 미식가라면 충분히 이해하겠지. 내 경우는 특히 볼과 귀 부위를 좋아했다. 볼과 귀는 상대적으로 질기지만 씹는 맛이 훌륭하다. 특히 귓불을 바짝 구워서 후추를 살살 뿌려놓은 것이 최고.

내가 애호가로서 특별히 자부심을 느끼는 대목은 따

로 있다. 간이라든가 위를 재료로 한 요리는 일반화된 편이지만, 나처럼 눈알과 혀까지 보관했다가 조리하는 경우는 드물다. 눈알을 잘 으깨어 갖은 양념을 더하면 훌륭한 술안주가 된다. 혀는 어슷하게 잘라 양념 없이 구워 소금을 찍어 먹는다. 머리뼈를 통째로 삶아서 국물을 내면 며칠간의 아침식사는 준비가 된 것이다. 뇌수 역시 소금에 살짝 절인 뒤 후추를 뿌려 잘 말려둔다. 그러면 간식이나 야식으로 손색이 없다. 버릴 것이 없는 것이다.

나는 털이나 손톱, 발톱까지도 적절하게 사용했다. 털은 모아놓았다가 한 포대가 차면 내다 팔았다. 최근에 거래를 튼 장신구 공장에 가져가면 꽤 비싼 값을 받을 수 있었다. 그걸로 가발도 만들고 장신구도 만들고 예술 작품도 만드는 모양이었다. 손톱, 발톱은 일단 녹인 후에 모양을 만들어 사용하는데, 아무래도 양이 적어서 희소가치가 있다. 치아 역시 쓰임새가 다양하다. 목걸이, 팔찌, 반지 등속은 물론 심지어 조각상까지 만든다고 했다.

어떤 친구들은 정색을 하고 나를 비판하기도 한다. 특히 무민의 경우가 그랬다. 그는 트롤인 주제에(처음에 나는 하마인 줄 알았다) 채식주의자에 반인육주의자였다. 인육은 맛이 없고 비윤리적이라고 그는 주장했다. 맛이 없다는 것은 취향의 문제이므로 존중할 수 있지만, 비윤리적이라는 주장에는 아무래도 동의하기 어려웠다. 인간은 명백한 유해 종이므로 각종 대책을 통해 번식을 막는 것이 좋다는 점에는 누구나 동의한다. 휴머니즘 같은 기괴한 논리로 인간이라는 종이 자신을 변호해온 것을 생각하면 더더욱 그렇다. 점점 뜨거워지는 지구 온도에 적응하지 못하고 개체 수가 대폭 줄어든 데다가, 그나마 뇌가 급속도로 퇴화한 것은 자업자득이라고 할 만했다. 그러니 단지 비윤리적이라는 이유로 인육 섭취를 제한한다는 것은 납득하기 어렵다. 무민은 차라리 이렇게 주장했어야 한다. 인육은 바이러스에 취약해 비위생적이며, 장기적으로는 뇌 세포를 파괴하는 전염병의 가능성까지 있다고 말이다.

자연은 자연스러운 것이다. 약육강식은 불가피한 것이다. 인육을 먹지 않으면 다른 동물들을 먹어야 하는데, 개체 수와 고기의 질에서 비교가 되지 않는다. 아직도 개체 수 과잉인 이 생물들을 재료로 다양한 요리를 개발하는 일은 논리적이고 자연스러운 것이다. 사육과 도축 과정의 비윤리성은 적절한 기계화와 자동화를 통해 해결하면 된다. 위생적으로 가공하도록 사회가 감시하면 되는 것이다.

*

나의 이런 생각은 최근에 약간의 변화를 겪었다. 다소 이상한 경험을 했기 때문이다. 이미 말한 대로, 나는 무민과 결별한 후에 고기에 환장할 지경이 되었다. 사랑이란 이런 것인가 하는 생각까지 들었다. 사랑하기 전과 후, 또는 사랑을 할 때와 사랑이 끝난 뒤가 같을 수는 없는 모양이었다. 그게 뭔데 이렇게 삶의 모든 것을 바꿔놓는다는 말인가. 나는 냉장고에 고기를 잔뜩 채워 넣고 매일 식탐을 부렸다. 샐러드도 없이 고기만을 먹어댔다. 그런데 최근 겪은 일로 나는 약간의 두려움을 갖게 되었다.

며칠 전이었다. 냉장고를 열었는데, 머리통에 달린 눈이 나를 바라보고 있었던 것이다. 이건 뭔가. 말도 안 돼. 그렇게 생각하면서도 나는 나도 모르게 그 눈을 마주보았다. 어쩐지 그렇게 해야 할 것 같았다. 머리통을 통째로 보관하는 일은 하지 말았어야 하나. 모든 게 게으름 탓인가. 그렇게 생각하면서도 나는 눈싸움을 했다. 눈싸움을 했다. 눈싸움을 했다.

나는 머리통에 달린 눈을 집요하게 바라보았다. 꽤 오랜 시간이 지난 것 같았다. 식은땀이 흘렀다. 어느 순간, 나는 비명을 지를 뻔했다. 냉장고 속에서 나를 빤히 바라보던 눈이 움직인 것 같았기 때문이다. 나는 전기에 감전된 듯한 충격을 받았다. 아, 이것은 '시선'을 갖고 있구나. 이것은 정말 나를 '바라보고' 있구나.

나는 온힘을 다해 몸을 움직이려고 했다. 소리가 나지 않도록 최대한 조용하고 자연스럽게 냉장고 도어를 닫았다. 나는 뒷걸음질을 쳤다. 냉장고에서 멀어졌다. 조금 더 있으면 머리통에 달린 입술이 입을 열어 말을 할 것 같았기 때문이다. 그 입술은 웃는 모양이었는데, 그게 벌어지면 무슨 말이 튀어나올지 알 수 없었다. 나는 인간의 말을 이해하지 못하지만, 그것이 어떤 종류의 '신호'인 것은 틀림없을 것이다. 그러면 더 이상 먹을 수가 없게 된다. 나를 바라보고 나에게 신호를 보내는 생물을, 어떻게 식용으로 쓸 수 있다는 말인가.

나는 베란다 문을 열고 창밖에 내리는 석양을 바라보았다. 도시의 스카이라인으로 붉은 태양이 내려앉고 있었다. 붉은 태양은 냉장고 속에 보관된 인간의, 단 하나 남은 눈알 같았다. 나는 무민이 보고 싶었다. 식욕과 두려움과 죄책감 속에서, 나는 점점 외로워졌다.

겨울은 가고

이주란

2012년 『세계의문학』으로 등단했다. 소설집으로
『모두 다른 아버지』가 있다. 김준성문학상을 수상했다.

우산이 없어 눈을 맞았고 빈손으로 도착했을 때 이모는 창밖을 바라보고 있었다. 창밖엔 눈이 내리고 있었다.

이모, 나 왔어.

밖을 바라보고 있는 줄 알았는데 창을 향해 비스듬히 누운 채로 잠들어 있었다. 나는 젖은 외투를 벗고 가방을 내려놓았다. 적막했고 나는 이 적막함을 받아들여야 한다. 아주 오래전부터 벽에 스며 있었거나 이모의 것이거나 하는.

이모, 나 어제 헤어졌어.

약을 먹고 잠들었을 이모가 혹시 깰까 봐 속삭이듯 말했다. 어제, 오래 사귄 남자친구에게 이별을 통보받았다. 나는 작은방에서 그와 마지막 전화 통화를 한 뒤에 터진 울음을 참을 수 없어 책을 읽는 척을 했다. 혹시 엄마가 문을 열면 곤란해서였다. 그 와중에 책장에 있는 책들의 제목을 빠르게 훑어보고 예전에 읽었던 슬픈 내용의 소설책을 아무 데나 펼치고 울었다. 엄마는 내가 눈물을 다 그친 후에도 작은방에 들어오지 않았지만 거실로 나갔다가 얼굴에서 티라도 날까 봐 나가지도 못하고 작은방에 쌓인 키친타월로 눈물과 콧물을 닦아냈다.

이모는 지금 머무는 요양병원을 싫어한다. 엄마와 삼촌 말로는 정식으로 치매 등급을 받게 되면 요양원을 옮길 수 있다고 한다. 검사 중에 잠시 정신이 돌아오는 경우가 있다는 얘기를 들은 적이 있다. 이모는 이모부가 죽은 후부터 치매 증상을 보였는데 다른 사람들을 반기는 경우는 거의 없고 그나마 나를 가장 반긴다. 모르겠다, 이모는 나를 얼마만큼 기억하고 있는지. 그리고 어떻게 기억하고 있는지. 아무리 생각해봐도 딱히 대단한 추억이랄 것이 없는 것 같은데 그마저도 없었더라면, 하는 생각이 든다. 어릴 적엔 한동네에 살며 일상을 함께하곤 했으니까. 어느 소설의 구성처럼 엄마와 이모의 삶은 가장 중요한 것에서 크게 달랐는데 다행히 자식들은 비슷비슷하게 자랐다. 나는 대체로 이모에 대한 이미지로 엄마를 은근히 무시하는 모습을 기억하고 있었으나 지금은 다 지난 이야기일 뿐이라고 생각한다. 아무에게도 말한 적 없지만 나는 이모가 울던 모습도 기억하고 있다. 나는 잠든 이모를 바라볼 때마다 울던 이모가 떠오른다. 그때 나는 열일곱 살이었고 잘 울지 않는 인간이었다. 물론 가끔 우는 때도 있었지만 당시의 나에게 울음이란 일종의 연기였던 적이 많았다. 어른도 눈물도 믿지 않았던 때, 어른인 이모가 내 앞에서 울었었다. 그날 이모는 맨발이었고 지금은 어른만 믿지 않는다.

이모가 깨어났고 이모는 점심을 먹었으며 나는 이모가 미술 프로그램에 참여하고 돌아올 때까지 바람이나 쐴 겸 잠시 밖으로 나갔다. 예전엔 정신병원이었던 곳이고 버스가 서지 않는 곳이다. 주변엔 폐쇄된 주유소와 2층짜리 식당이 있다. 요양원으로 들어서는 어귀쯤에서 열 살쯤 되어 보이는 남자아이 두 명이 두꺼운 점퍼에 볼백을 메고 걷는 것을 보았다. 여기도 어린이들이 있네. 검은색 망으로 된 가방 안엔 각각 두 개씩의 축구공이 들어 있었다. 공만 넣는 가방도 있구나. 휙휙 들리는 겨울바람 소리가 가짜처럼 느껴질 정도로 바람이 세다. 어제 한 이별이 아니라 예전에 했던 이별들이 떠오른다. 받아들인 일들 말고 받아들일 수 없던 일들. 나는 받아들이지 못한 일들을 더 오래 기억하고 있다.

엄마와 삼촌들은 한 달에 한 번만 내게 이모를 맡기고 볼링을 치러 간다. 실수로 엄마가 챙겨준 반찬들을 놓고 빈손으로 왔지만 이모는 모른다. 좋아하는 음식을 만들어 가도 맛없다고 말하는데 엄마는 그래도 만들어 간다. 엄마와 삼촌들은 성격이 밝고 긍정적이며 자주 모여 이모에 대한 의견을 나눈다. 그냥 그렇게 지낸다. 그러니까…… 말하자면 이모는 받아들이지 못했던 어떤 일을 잊게 되었다. 그렇게 한 것이 아니라 그렇게 된 것이고 나는 이모가 가끔은 그것을 스스로 기억해낼 거라고 생각한다.

나보다 세 살이 많았던 재환이 오빠를 마지막으로 본 것은 3년 전 오빠가 공무원을 그만두고 얼마 되지 않았을 때였다. 그즈음 오빠는 밥을 거의 먹지 않아 아주 말라 있었고 말이 없는 인간이 되어 있었다. 몸이 아파 병원에 다닌다고 들었지만 어디가 아픈지도 묻지 않았었다. 병원에 다닌다고 하니까 그러다보면 낫겠지, 정말 그렇게만 생각했다. 사실 그날, 나는 어떤 그림자 같은 것을 보았는데 그냥 그게 다였다. 그게 마지막이 될 줄 알았다면. 그날이 마지막이라는 것을 알았다면 무엇이 달랐을까. 모든 것은 복잡해야 했으나 모든 것은 간단했다. 이모네는 이모나 오빠가 평생 놀아도 될 만큼 경제 사정이 좋았기 때문에 누구도 심각하게 오빠를 걱정하거나 하지는 않았던 것 같다. 어쨌든 돈이 있는데 뭐,라는 식이었고 복잡하면 힘드니까 그렇게 간단하게 생각해버리면 편했다.

나는 그즈음 5층짜리 건물 지하에 있는 실용음악학원에서 접수와 상담을 해주는 일을 하고 있었다. 크지도 작지도 않은 규모였고 업무 시간은 오후 2시부터 10시까지였다. 대학원에 떨어지고서 지원한 일이었다. 일이 바쁘지 않아 틈틈이 공부를 할 수 있을 거라 생각했는데 대부분 가수가 되기 위해 연습하고 또 연습하는 중고등학생들 사이에서 음악과는 전혀 상관없는 책을 펴놓고 읽기는 좀 그래서 얼마 못 가 책을 읽는 것을 그만두었다. 대신 음악을 좀 듣기 시작했는데 연습 중간에 물을 마시러 자주 나오던 학생들이 좋은 음악들을 추천해주곤 했다. 직원은 원장을 포함해 여섯 명이었고 일을 시작하고 6개월쯤 되었을 때 실장이 이런 얘길 했다.

학원 재정이 좀 안 좋아서 이제 저녁을 여기서 해먹어야 할 것 같아요.

실장은 나보다 서너 살 많은 남자였는데 당시 대학교 4학년생이었다. 군대에 다녀오고 휴학도 좀 한 모양이었다. 실장은 반찬은 사 먹을 것이라 밥만 하면 되고 설거지는 자기가 한다고 말했다. 나는 그 모든 것을 내가 하게 될 것이라는 걸 알고 있었고 실제로 그렇게 되었다. 내가 싫었던 것은 밥을 지을 쌀을 화장실에서 씻는다는 것이었다. 지하에 있는 그 화장실은 남녀 공용이었고 딱히 뭐라 하는 사람이 없어 학생들도 담배를 피워대는 곳이었다. 나는 거기 쌀을 씻으러 들어갔다가 친하게 지내는 남학생들이 소변을 보는 것을 보게 되었고 나중에는 각자 할 일을 하면서 간단한 대화까지 나누곤 했다. 한번은 중학생이었던 여학생이 "언니, 힘들죠"라고 말하며 설거지를 대신해주겠다고 하기도 했는데 당시 부끄럽고 미안했던 감정이 지금도 생생하다. 그것 때문만은 아니었지만 1년을 채우고서 이번 달까지만 한다고 했을 때, 실장은 컴퓨터 모니터에서 시선을 떼지 않은 채로 내게 그러세요,라고 말했다. 나는 기분이 조금 상한 채로 자리로 돌아왔고 잠시 후에 엄마로부터 재환이 오빠가 죽었다는 전화를 받았다. 퇴근 시간을 삼십 분 남긴 시각이었다. 나는 다시 실장에게 가서

실장님. 친척 오빠가 죽어서요, 삼십 분만 일찍 퇴근해도 될까요.

라고 물었고 실장은 여전히 모니터에 시선을 고정한 채로 그러세요,라고 말했다.

외국인과 군인과 노인으로 가득 찬 버스를 타고 장례식장으로 가던 날이 떠오른다. 검단사거리역 오류이

발관 앞으로 버스가 다녀.

엄마가 알려주었고 나는 얼른 집으로 가서 옷을 갈아입고 지하철을 탄 다음 검단사거리역으로 갔다. 1번 출구로 나왔더니 눈에 익은 번호의 버스들이 보였다. 찬바람이 한번 훽 불었고 쌓였던 눈인지 뭔지, 하얀 것들이 흩날렸다. 1번 출구와 이어진 광장에는 어림잡아 스무 명이 넘는 사람들이 있었고 대부분 담배를 피우고 있었다. 나는 이십 분 정도 기다려 버스를 탔다. 자리가 없어 서서 갔고 창밖엔 마르고 추운 나무와 마르고 추운 나무들뿐이었다. 그 나무들을 보는 것 말고 다른 것은 하지 못했다. 멈춰버린 것이다. 그날 새벽에는 오빠와 함께 AI 판정 농가를 둘러싼 주변 농가들에 대해 예방적 살처분을 담당했던 공무원 두 명이 찾아와 이모와 이모부 앞에서 무릎을 꿇었다. 그들은 이모와 이모부에게 미안하다고 말했고 이모와 이모부도 그들에게 미안하다고 말했다.

선생님들도…… 같이 보셨지요?

실신을 했다가 깨어난 이모는 공무원들에게 오빠가 쓴 유서를 보여주었다. 그들은 오빠가 쓴 유서를 손에 꼭 쥔 채로 고개를 떨어뜨렸다. 나는 그들의 얼굴을 보고 싶었는데 보지 못했다. 친척들 중 이 지역에 오래 살았던 몇몇은 거나하게 취해 결국 무슨 일이든 터질 줄 알았다며 원인과 정책에 대해 어쩔 수 없다는 식으로 말했고 그러는 틈틈이 오랜만에 보는 내 또래 조카들에게 무슨 일을 하냐? 라거나 결혼할 사람은 있냐? 라거나 하는 질문들을 했는데 제대로 대답을 한 사람은 없었다. 오빠를 찾아온 동료 공무원들은 다음날 아침 무릎을 펴고 출근을 했는데 대신 그들의 가족이 와서 다시 무릎을 꿇었다. 지역 전체에 비상이 걸린 때였고 나는 오빠가 죽기 전까지 그런 것들은 몰랐다. 당시 나는 일자리를 옮겨 특목고 입시 전문 학원에서 상담 일을 하며 공무원인 오빠를 종종 부러워하기만 했다.

내게는 마치 꿈같은 기억이 하나 있다. 재환이 오빠의 장례식을 마치고 이모와 이모부를 집에 데려다준 뒤 남은 친척 서른 명 정도가, 오빠가 목숨을 끊은 이유에 대해서 이야기를 나누던 오후에 대한 기억이다. 오가는 대화를 들으면서 문득 느껴지던 섬뜩한 기분과 아무 말도 하지 못했던 나의 모습이 떠오른다. 실제로 나는 명절 때마다 내가 그날 들은 대화가 꿈인지 현실이었는지 생각하곤 한다. 뭐라고 해야 할까, 이모는 다음해에 이모부마저 보내고 혼자가 되었다. 이모부는 새벽에 교통사고를 당했는데 이모부의 장례를 치르고 난 후에 엄마가 이모와 함께 살기 시작했고 나는 독립을 했다. 혼자 살기 시작하면서 나는 매일 만약 엄마가 죽는다면, 하고 생각했다. 이럴 수는 없다고 나는 생각했다.

엄마, 내게 말하지 못한 것이 있으면 말해봐. 엄마가 잊지 못하는 것을 말해봐. 엄마를 힘들게 했던 것, 바꿀 수 있다면 바꾸고 싶은 것을 말해봐.

나는 가끔 술에 취해 엄마에게 물었고 엄마는 "그런 거 없다"고 대답했다. 나는 그런 게 없을 리가 없다고 생각했기 때문에 몹시 불안했으나 미리 죽지는 않겠다고 다짐했다.

받아들일 수 없는 일들에 대해서 이건 이랬던 것 같다, 그건 그랬던 것 같다가 내가 할 수 있는 최대치다. 강조 같은 것은 하고 싶지 않지만 나는 그것이 정말 싫고 이모가 머물고 있는 요양원에 다녀가는 날이면 나는 꼭 요양원 근처에 있는 여관에서 잔다. 아주 복잡해야 했지만 아주 간단하게 처리된 일과 그러자 벌어진 일들 그리고 또 그 후의 일들을 기억해본다. 모두지 끝날 생각 없이 계속해서 반복하고 있는 일과 그때와 다르지 않은 겨울을 살고 있다. 반복되는 것이 아니라 반복하고 있다고 나는 생각한다. 나는 그 이유가 너무나도 궁금해 종일 아무것도 먹지 않고 그날 오후에 대해 생각하다가 집으로 돌아가곤 한다. 겨울이 어서 갔으면 하고 바라면서도 아이들을 상대로 레벨 테스트를 한 대가로 월급이나 받으며 사는 것이다.

7교시

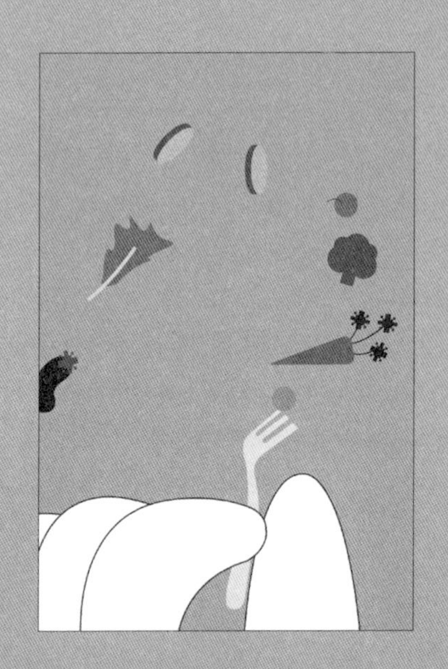

정세랑

2010년 『판타스틱』에 「드림, 드림, 드림」을 발표하며 작품 활동을 시작했다. 장편소설 『덧니가 보고 싶어』 『지구에서 한아뿐』 『이만큼 가까이』 『재인, 재욱, 재훈』 『보건교사 안은영』 『피프티 피플』이 있다. 창비장편소설상, 한국일보문학상을 수상했다.

현대사 수업에는 동시 접속을 해야 했다. 다른 수업과는 달리 수강자의 주의 집중도와 각 정보에 대한 반응 역시 면밀히 수집되었다. 아라는 어쩐지 불편했다. 잘 듣고 있다고 상체를 좀 앞으로 기울여줘야 할 것 같았고, 일부러 표정이라도 만들어내야 할 것 같았기 때문이다. 그렇지만 방침의 의도 자체는 이해할 수 있었다. 대멸종 이후 같은 실수를 할 여유는 없다고, 전 지구적인 합의가 이루어졌다. 현대사, 그중에서도 생명권 부분이 가장 중요한 과목이 된 것은 그래서였다. 아라는 최대한 편한 자세를 취하려고 애썼다.

그러니까 여섯 번째 대멸종 이전의 사람들도 생명권의 개념을 가지고 있긴 했습니다. 아주 초기적인 단계였지만

요. 사람과 함께 생활하는 동물들을 해치지 말자고, 모피를 입지 말자고, 또 그때까지 식생활의 중심이었던 육식을 줄이자고 소수의 사람들에게서 처음 이야기가 나왔습니다.

친구들이 역겨움의 반응들을 보내왔다. 알았어, 알았으니까 그만 보내, 하고 아라 역시 맞받아쳤다. 200여 년 전 사람들은 기쁠 때도 위로가 필요할 때도 서로 고기를 사주었다고 한다. '고기를 사주는 친구가 좋은 친구'라고 말하는 옛 영상 자료들을 보면 뜨악했다. 요리 프로그램 자료들은 그로테스크의 극치였다. 사람들은 온갖 동물을 온갖 방식으로 먹었다. 지금 사람들과 그렇게 다르지 않은 얼굴로.

"배양 단백질이 없던 때잖아. 집단의 문화를 개인이 전복하고 앞서기는 쉽지 않지."

"하지만 21세기 사람들이 소와 돼지 대신 곤충을 먹었다면, 밀웜이라도 먹었으면 그 모든 파국은 오지 않았을지도 몰라."

"그야 그렇지만."

"가죽보다, 깃털보다 나은 소재가 잔뜩 나왔는데도 그대로 동물을 죽여 입다가 한두 해 후에 버리던 사람들이라고. 기술의 문제가 아니었던 거야. 세계관의 문제였지."

가장 가까운 친구인 미조와는 관련해서 이야기를 자주 나눈다. 미조는 옛날 사람들에 대해 우호적인 편이 아닌가, 아라는 생각한다.

"그거 알아? 우리가 먹는 음식과 이름이 같아도 맛은 꽤 달랐대."

미조는 옛날 음식의 맛을 궁금해했는데, 아라는 별로 관심이 없었다. 옛날 음식과 가장 유사한 것은 기념일에 나오는 재현 음식일 것이다. 새로운 재료로 전통 음식을 가능한 수준까지 모방했다는데, 그마저도 아라의 입맛엔 너무 자극적이었다. 옛날 사람들은 어떻게 매일 그렇게 자신들을 병들게 하는 걸 먹었을지 이해가 가지 않았다. 아라는 평소의 식단을 선호했다. 개인의 건강에 완벽히 맞춰 공급되는데다, 질리지 않는 맛이었다. 아무것도 해치지 않고 오염시키지 않고 생산되는 식량의 부드러운 맛……. 200년 사이 추구하는 맛 자체가 바뀐 것이다.

수온 상승과 바닷물 산성화로 온 바다의 산호가 녹아 사라진 것은 2050년 경의 일이었습니다. 바다에서 모든 것이 시작된 것처럼, 멸종도 바다에서 시작되었습니다. 어류의 65퍼센트, 파충류의 40퍼센트, 양서류의 78퍼센트, 조류의 55퍼센트, 포유류의 34퍼센트가 21세기 끝 무렵까지 멸종했습니다. 얼마나 많은 곤충들과 무척추동물들이 사

라졌을지는 추산되지도 않습니다. 식물에 있어서도 마찬가지고요.

20세기 중반부터 어떤 궤도가 그려질지 알고 있었으면서, 150년 동안 막지 않은 것의 결과였습니다. 그렇게 38억 년 진화의 결과물들이 20세기와 21세기에 지워졌습니다. 인류는 지켜보기만 했습니다.

그리고 2098년에, 인류도 위기에 처하게 됩니다. 그해에 무슨 일이 일어났는지는 아직도 의견이 분분합니다. 살아남은 철새들이 혼란에 빠져 이동 경로가 바뀌었고, 특정 모기들이 훨씬 넓은 영역에서 활동했습니다. 이상 기후로 심각한 홍수를 겪고 난 초가을이었고, 그때까지도 남아 있던 공장식 축산 농장들도 한 역할을 했을 겁니다. 변종 웨스트 나일 바이러스가 생성된 것은 철새, 가금류, 모기, 돼지를 거치면서였을 걸로 짐작됩니다. 그 전까지 웨스트 나일 바이러스는 국지적으로 사망자를 내던 질병으로, 건강한 사람에게는 감기처럼 지나가고 면역력이 저하된 환자들만 종종 뇌염으로 사망하곤 했습니다. 지독한 돌연변이가 일어났고, 감염된 사람들의 뇌가 순식간에 녹아내렸습니다. 1996년 루마니아에서보다 훨씬 더 치명적인 변종이었고 사람 대 사람으로 전염되기 시작했으며 첫 발병지가 항공 허브였던 도시였기에 전 세계로 퍼져나가는 데는 그리 오래 걸리지 않았습니다. 가장 많은 사망자를 낸 아시아의 독재 국가가 WHO에 발병을 숨겼던 것 역시 상황

을 악화시켰습니다. 그 나라는 무역에 타격을 받을까 우려했다고 하는데, 이제는 사라진 나라가 되었습니다. 백신이 나오기까지, 인류의 3분의 1을 잃었습니다.

3분의 1을 잃고도 80억이 넘었다. 120억에서 40억이 죽고 80억. 살아남은 80억이 전쟁을 시작했다. 그것은 그때까지 없었던 종류의 전쟁이었다. 무기 없이, 개인이 기업과 싸우기로 마음먹은 것이었다. 아라는 참혹한 시대를 살았던 그 80억에게 경외심을 느꼈다. 슬픔 속에서 예전처럼 다시 인구를 늘릴 수도 있었는데, 그렇게 하지 않았다. 사람들은 깨어나 명확하게 말하기 시작했다. 웨스트 나일 바이러스가, 새나 모기가 사람들을 죽인 게 아니라고. 그때까지도 과잉 생산 과잉 소비 체제를 끌고 가려고 애쓰던 기업이, 자본이, 정부가 책임을 져야 할 문제라고. 환경주의는 드디어 비웃음당하지 않는 보편 가치가 되었다. 죽어 떨어진 새가 그려진 깃발 아래, 파업과 시민혁명이 거의 모든 나라로 확산되었다.

"만약에 그때 우주 이주 계획이 연달아 실패하지 않았다면, 체제 변혁이 성공할 수 있었을까?"

아라는 그 질문이 흥미롭다고 생각했다. 처참한 우주 이주 실패가 의도치 않게 혁명을 성공시켰던 것은 역사에서 자주 되풀이되는 아이러니라고 웃었다. 사람들은 아무 데도 갈 수 없다는 것이 분명해진 다음에야 이 작은 행성의 가치를 다시 매겼던 것이다.

지구에 파괴적이지 않은 적정 인구수는 25억, 국가별 인구수를 두고 첨예한 협상이 벌어졌습니다. 경제 구조를 완전히 바꾸어야 했고, 더 효율적으로 바꾼 나라들이 상대적으로 빠르게 안정을 찾아갔습니다. 환경주의와 페미니즘이 맞물려 돌아가는 톱니처럼 기능했습니다. 언젠가는 마을 가장자리에 서서 비명을 지르는 마녀 취급을 받았던 사람들이 끝내는 모두를 구했습니다.

인공 포궁과 바이오 필름형 피임 도구의 보편화가 기술적으로 발맞추었습니다. 원치 않는 임신이 지구상에서 사라졌습니다. 인공 포궁에 대해서는 제도적으로 여러 각도의 접근이 있었으나, 이내 정부가 관리하되 사용은 오로지 개인이 할 수 있도록 정비되었습니다. 인공 포궁을 이용하려는 사람은 양육자 교육기관에 등록하여 능동적인 생명권 교육과 인권 교육을 받아야 했습니다. 냉동실에서, 야산에서 아이들의 시신이 발견되던 학대의 시대가 끝났습니다. 사회는 드디어 트라우마 없는 시민들을 키워냈습니다.

엄격한 기준에도 양육 대기자가 지나치게 늘자, 추천서 제도가 도입되었습니다. 우리나라는 추천서 제도를 처음 도입한 나라 중의 한 곳입니다.

추천서라고 부르지만, 사실 그것은 권리 양도 각서에 가까웠다. 비출산을 선택한 사람이 출산을 선택한 사람 중 한 사람을 골라 지구의 자원을 쓸 권리를 선물했다. 그 양도가 자발적이며 거래가 아닌 것을 확인하려고 크나큰 행정력이 동원되었다. 십수 단계의 인증 절차를 거쳐 세 사람의 추천을 받으면 대기 순서가 빨라졌다. 추천서의 존재에 대해 알게 된 이후 아라는 양육자인 태이에게 추천서를 모으는 게 어렵지 않았느냐고 물은 적이 있다.

"그게 말야, 내가 모으지 않았는데도 모였어. 사람들이 먼저 나에게 추천서를 주고 싶어 했어. 무척 기뻤고, 그래서 너를 초대하기로 한 거지."

세계에 초대한다는 표현을 쓰는 게 재밌다고 생각했다.

"파트너를 원한 적은 없어?"

"아니, 한 번도."

정부가 양육을 지원하고, 가족제도가 희미해지자 양육자가 한 사람인 가정이 90퍼센트에 육박했다. 태이는 부모라는 단어도 거부했고 아라에게 자신의 이름을 불러달라고 했다.

"그럼 난 태이의 유전자로 태어났어, 아니면 공동체 유전자로 태어났어?"

"그게 궁금해?"

태이는 명확하게 대답하지 않았지만 아라는 자신이 공동체 유전자로 태어났을 거라 짐작했다. 대멸종 이후 인류는 오래 내려온 유전자를 부끄러워하기 시작했다. 그 모든 파국을 가져온 공격성과 이기심을 물려주고 싶지 않아 했다. 그래서 종 다양성 보호에 기여한, 유난히 이타적인 사람들의 유전자를 역시 복잡한 절차를 거쳐 모았다. 많은 사람들이 자신의 유전자가 아닌 익명의 공동체 유전자를 원했다. 태이도 그랬을 것이다.

적정 인구수에 가까워졌을 무렵, 전 세계적으로 도심 압축이 이루어졌습니다. 완전히 자급자족적으로 기능하는 도시를 설계하여 인류의 생활 공간을 좁혔습니다. 나머지 면적을 자연에 되돌려주기로 한 것입니다. 우리가 기대한 것보다 식물들이 그 회복 영역을 삼키는 속도는 빨랐습니다. 숲이 번지는 속도를 경이롭게 바라보는 시간이었습니다. 거기서 사라진 줄 알았던 종들이 다시 발견되길, 인류의 방해를 받지 않고 마땅히 나아가야 할 길을 향해 나아가길 이제 지켜볼 날만 남았습니다.

다음 시간은 토론이었다. 도심 압축 때문에 발생한 이주민들에 대한 보상이 적절했는지, 공동체 유전자 사용과 20세기의 우생학은 어떤 면에서 다른지, 지나치게 공격성을 제거한 인류가 멸종을 향하지는 않을지 민

감한 주제들로 이야기해야 했다. 아라는 어떤 방향으로 주장을 펼쳐야 할지 미조와 만나서 준비하기로 했다.

약속 시간까지 여유가 있어서 아라는 생태 스트리밍 채널을 켰다. 사람들이 회복 영역을 그냥 떠난 것은 아니었다. 무인 관측소들이 실시간으로 정보를 수집하고 있었고 지구 어디서나 접속 가능했다. 작은 움직임이 있으면 센서가 반응했다. 아라는 센서가 잡아낸 게 날다람쥐라는 걸 깨달았다. 날다람쥐가 살아남아서 다행이라고 생각했다. 날다람쥐를 위해 죽을 수 있을 것 같다고도 느꼈다. 나방이나 노린재 같은, 날다람쥐보다 더 작고 보잘것없고 아름답지 않은 종을 위해서라도. 어쩌면 인류가 정말 느린 자살을 택한 건지도 모르지만 그것은 그것대로 괜찮은 속죄일 것이다.

"봄방학엔 어디 가고 싶어?"

태이가 아라의 뒤에서 아라의 어깨를 끌어안으며 물었다.

"고가의 끝까지 걷고 싶어."

"티켓을 구해볼게."

회복 영역을 조망할 수 있는 길고 좁은 고가가 있었다. 발밑으로 끝없이 숲이 펼쳐질 테고, 숲 그늘에서 한때는 흔했지만 이제는 희귀종이 된 생물들이 아라가 들어보지 못한 소리를 낼 것이다. 그것이 아라에게 거는 말이 아닐지라도 아라는 존재감을 완전히 지우고 듣는

데에만 집중할 계획이었다.

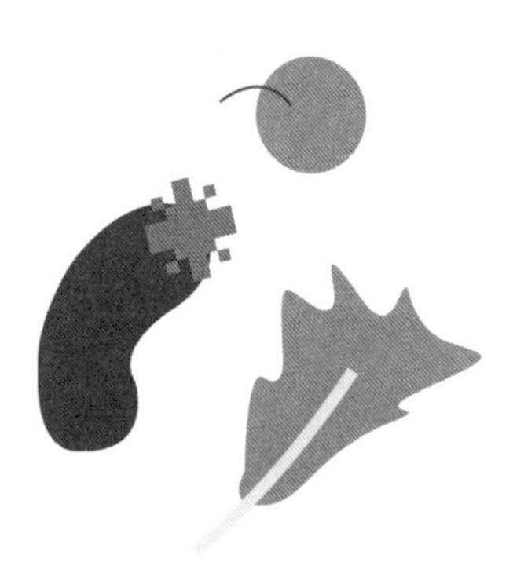

고양이 눈

최정화

2012년 단편소설 「팜비치」로 창비신인소설상을
수상하며 등단했다. 소설집 『지극히 내성적인』
『모든 것을 제자리에』, 장편소설 『없는 사람』이 있다.
젊은작가상을 수상했다.

그즈음에 나는 스무 해 동안 꾸려오던 상점을 빼앗기고 근처의 재개발 구역으로 이사해 은둔이나 다름없는 생활을 하고 있었다. 상심한 마음을 어찌할 길이 없어 알고 지내던 이들과도 연락을 끊고 살던 동네에서 그리 멀지 않은 위치에 잠만 겨우 잘 수 있는 정도의 작은 평수의 방을 얻어 지냈다.

아침에 일어나면 곧장 일어나 상점이 있던 시장에서 종일 얼씬거리기만 했다. 전에 나는 그곳에 매일 출근하여 사람들과 인사를 나누었는데 상점이 다른 이의 손에 넘어간 뒤로는 단지 그 길을 걸어 다니는 것만으로도 이상한 눈치를 보게 되었다. 마치 사람들이 내가 외부인이라 여기고 내가 그곳에 나타나지 말아주었으면 한다고 느꼈다. 나를 쳐다보는 눈초리가 곱지 않다고 말이다. 그 눈빛들은 저 녀석이 뭣 때문에 이곳을 얼씬거리는가라고 묻고 있었고 나는 마땅히 대답할 말이 없고, 뭔가 말을 꺼낼라치면 울화통이 먼저 솟아올라 무슨 말을 제대로 할 수도 없었다. 참을 수 없는 마음이 들면 괜히 가슴팍이나 긁적일 뿐이었다. 시장을 얼씬대는 일이 마음을 불편하게 했지만 그러면서도 딱히 그곳을 벗어날 생각은 하지 않았다.

그곳을 떠나면 나 자신을 잃어버리기라도 할 듯이 나는 매일 그곳엘 갔다. 시장을 얼씬거린 지 한 달쯤 지났을 무렵 누군가 뒤에서 나를 덮친 뒤에 어두운 골목으로 끌고 가 흠씬 두들겨 팬 뒤에 다시 이곳엘 돌아다니면 가만두질 않겠다고 호통을 치고 가버린 일도 있었다. 하지만 그놈이 두렵지는 않았다. 다만 내가 그로 인해 일주일간이나 앓아누워야 했고 그래서 그동안에는 시장을 얼씬거릴 수 없었을 뿐이었다. 일주일이 지난 뒤 나는 자리를 털고 일어났다. 그리고 다시 시장에 나갔다.

나는 계속 그곳 시장엘 갔다. 마땅히 무슨 일을 할 것이 아니라 그저 얼씬거릴 뿐이었는데도. 그 즈음의 나에게는 그 얼씬거리는 일을 하지 않으면 안 되겠다는 결심이 있었다. 결심만이 있었다. 오로지 그 결심만으로 나는 하루하루를 버티고 일어섰다. 그 얼씬거리는 일의 의미를 딱히 정해둔 것은 아니지만 내가 쫓겨난 그곳을 얼씬거리는 것, 그 일은 나에게 얼씬거림 이상의 의미가 있었던 것만은 분명하다. 나는 어쩌면 그것이 위협이 될 수 있으리라고 여겼던 것일까.

누구에게라고 묻는다면 거기까지는 잘 모르겠다. 대답할 수 없다. 그저 나는 매일 시장엘 갔다. 단지 떠날 수 없었기 때문인지도 모른다. 적어도 나는 그곳을 그냥 떠나지는 않으리라는 생각 정도만은 하고 있었던 셈이다.

두 달째 되던 날에 어떤 사내 하나가 내게 매일 이곳에 나타나는 이유를 물었다. 또 사는 데가 어디이고, 무얼 하는 사람인지를 물었다. 그는 내가 전에 운영하던 상점 부근에 새 상점을 얻은 주인 남자였다. 나는 거짓말을 꾸며 사정 이야기를 했고 그는 사정이 딱한데 정 이곳을 떠날 수 없다면 자기 가게에서 일해보는 게 어떠냐고 제안했다. 내게 기회가 왔던 것이다. 나는 사내의 가게에서 일을 하면서 계속 내 상점이 있던 건물을 지켜볼 수 있었다.

그러나 행복은 길지 않았다. 고작 1년이 지난 뒤에, 나를 고용한 상점의 주인 역시 예전의 나와 같이 쫓겨나는 신세가 되었던 것이다. 그는 미안하지만 나를 더 고용할 수 없게 되었다고 알리고 1년간 가꿔온 상점을 떠났다. 상점 문을 닫는 마지막 날에 그에게 어디로 가는지 물었으나 그는 대답을 해주지 않았다. 그는 떠났고, 나는 다시 홀로 시장을 얼씬거리는 신세가 되었다.

한달 쯤 뒤에 그와 나는 다시 결국 만나는 신세가 되었다. 그도 예전의 나처럼 이곳을 얼씬거리게 된 것이다. 그의 얼굴은 예전처럼 부드럽고 선한 인상이 아니었고 그 대신에 날카로움이 묻어났다. 나는 그가 어디 사는지 궁금했지만 그는 예전처럼 말이 많지 않았다. 내게 묻는 일도 별로 없이 그저 시장의 곳곳을 얼씬거렸고 그리고 한동안 예전의 자기 상점이 있던 자리에 우두커니 서 있었다. 또 그는 예전의 나처럼 어느 날 밤에 사라져서는 일주일 동안 나타나지 않았다. 그리고 그 후에 아무 일 없었다는 듯 돌아왔다.

그가 돌아온 저녁에 그와 나는 골목에서 만나 시장 사람들이 싸게 내놓는 음식들을 사서 서로 나누어 먹었다.

도통 말이 없던 사내가 입을 열었다.

"요즘 몸이 이상합니다."

"무슨 일입니까."

"배가 말랑해지고 허벅지가 탄탄해지면서 어깨가 자꾸만 성이 난 사람처럼 움찍거리고 있어요. 아내는 내 눈빛이 예전과 다르다고 하는데 저는 잘 모르겠습니다."

나는 사내의 눈을 바라보았다.

"어떻습니까, 제 눈이? 제 눈이 정말 아내가 말하는

것과 같이 사람의 눈과는 어딘가 달리 보입니까?"

사내의 눈빛은 형형하게 빛이 났고 동공은 세로로 길쭉한 것이 타원 모양이었다. 사람의 눈이라기보다 고양이의 눈 같았다.

"친구와 적을 어떻게 구분합니까?"

나는 늘 외롭게 혼자 지내던 터라 친구에 대해서는 딱히 생각을 해본 일이 없었다.

"저에게는 친구가 없습니다. 그러니 적이 있을 리가요."

사내가 물었다.

"그러니까 형씨 말은, 친구가 먼저 있고 친구 아닌 것들이 적이다, 라는 거지요? 그러니 친구가 없으면 적이라는 것도 없다."

"굳이 따지자면 그렇게 생각하고 있는 셈이지요."

사내가 고갤 저었다.

"나도 전엔 그런 생각을 했었지요. 적이라는 것은 불명확하고 그때그때 바뀌었으나 친구만은 확실했지요. 나에겐 친구가 많았습니다. 당신도 마찬가지고요."

그는 잠시 우리가 함께 일하던 시기를 떠올리는 듯 천천히 눈을 감았다가 떴다.

"시장 사람들 모두를 나는 친구로 여기고 지내왔지요. 하지만 말입니다. 나에겐 친구가 없었습니다. 왜인줄 아시오? 내겐 적이 없었기 때문입니다."

그것은 궤변처럼 들렸다. 시장 안에 친구가 많다면 적이 줄어들고, 또 적이 많아지면 친구가 적어지는 것이 이치에 맞는 말이 아닌가, 하고 나는 그에게 물었다.

"그게 그렇지가 않습니다. 오히려 그 반대라는 말이지요. 적이 없는 사람에게는 친구가 없습니다. 친구가 먼저고 그에 반하는 이들이 적이 아니라, 적이 먼저이고 그 적과 함께 싸우는 이들이 친구이지요. 그러니 적이 없는 이에게는 친구도 없습니다."

나는 그동안의 내 외로움이 이유가 무엇인지를 알았다. 그러니까 내가 내 점포에서 쫓겨나 두문불출 혼자된 생활을 하고 있었기 때문이 아니라 내게 싸울 적이 없었기 때문에 아니 그러려고 하지 않았기 때문에 아니 적이 있지만 그를 적으로 두고 붙어볼 생각조차 없었기에 그토록 외로웠던 것이었구나, 하고 말이다.

"당신 말을 알 것 같습니다. 그런데 그 말은 나란 사람의 인생이 헛것이었다고 말하는 것과 같군요."

"적도 친구도 없는 이들이 그렇다고 헛것은 아니겠지요. 다만 그들은 외로운 삶을 살아갈 뿐이지요. 나는 당신의 삶이 헛되다 말할 생각은 전혀 없었습니다. 하지만 당신의 문제가 외로움이고 그것을 극복하고 싶다면 단지 그렇게 시장을 얼씬거리며 군중 속에 섞이고자 하는 노력은 헛된 것이겠지요. 섞이지 못한 채 떠다니는 것을 원하고 있는 것은 아닐 테니까요."

나는 고개를 끄덕였다. 가져온 음식을 모두 먹은 뒤에 우리는 나란히 시장을 걸었다. 그가 멈춰선 곳은 예전에는 제 가게였던 건물 앞이었다.

"사람들에게는 내가 법을 어기고 생떼를 쓰는 사람으로 보이겠지요. 하지만 나는 내 가게에서 나가야 할 이유가 조금도 없었습니다."

그가 가게 앞에 작은 돗자리를 깔고 앉았다.

나는 그가 그토록 당당한 이유를 알았다. 그는 세상의 언어에 휘둘리지 않는 자신의 언어를 갖고 있었다. 물론 그가 내게 털어놓은 인생관이라는 것은 이전에 내가 책에서 들춰보며 감탄했던 세련된 이론이나 이야기들에 비하면 간소하기 그지 없었지만 그것은 그 자신의 삶에서 나온 정직한 단어들로 이루어진 단단한 문장들이었다. 마치 그가 가지고 온 돗자리처럼 그것은 반듯하고 명확하였다.

나는 그의 옆자리 맨땅 위에 앉았다.

"이리로 올라앉으시지요."

그가 권하였으나 나는 맨땅에 엉덩이를 깔았다.

"나도 고백을 할 것이 하나 있습니다."

사내가 고양이 눈으로 나를 보았다.

"내 몸도 변하고 있습니다."

"어떻게 말입니까? 형씨도 나처럼 눈의 홍채가 달라집니까? 동그란 모양이 점차 타원형으로 얇고 길쭉해집니까?"

나는 사내의 갸름해진 홍채를 바라보며 대답했다.

"아니요. 그렇진 않고 배쪽입니다. 가슴 아래 3~4센티미터 정도 내려간 곳에 옅은 갈색의 흔적이 생겼습니다. 그리고 그 한가운데가 볼록이 솟아오르고요."

나는 전에는 내 상점이었던 건물을 향해 고개를 돌렸다.

"또 그 아래로 3~4센티미터 정도 내려간 곳에는 위에 생긴 것보다 더 부연 갈색의 작고 동그란 흔적 두 개가 더 생겼고 말입니다."

랑고의 고백

태기수

1998년 『현대문학』으로 등단했다.
소설집 『누드크로키』, 장편소설 『물탱크 정류장』,
공동 작품집 『피크』 『캣 캣 캣』 등이 있다.
극작가로도 활동하고 있으며, 희곡 「물탱크 정류장」과
「오리엔트-총과 바이올린」을 무대에 올렸다.

저 털 없는 것들이 우릴 감금해온 이유도 공포 때문 아닐까? 저것들이 악악대며 내지르는 소리가 사이렌처럼 앵앵거린다. “아아악!”, “이를 어째!”, “누가 좀 어떻게 해봐!”, “저러다 애 잡아먹히겠어”. 미치겠군. 정말 그래주길 바라는 건가? 내가 식인종으로 보여? 제발 좀 닥쳐, 닥치라고.

나도 안다. 내가 저 아이를 번쩍 들어 올려 애 엄마한테 인계하면 상황 끝이라는 거. 하지만 이를 어쩌나. 아직은 그럴 수가 없다. 내게도 상황이라는 게 있단 말이다. 맥스 말야, 맥스. 너희도 아까 봤잖아. 맥스 녀석이 저 아이에게 접근하려는 걸 간신히 말렸어. 맥스가 왜 저 아이를 손에 넣으려고 하겠어. 맙소사! 녀석은 저 털 없는 영장류 새끼를 인형처럼, 장난감처럼 갖고 놀고 싶은 거다. 그러다 지루해지면 가차 없이 팽개쳐버릴 거야. 맥스에게 저 아이는 그저 한두 시간 갖고 놀기 좋은 생체 장난감에 불과하니까. 어제도 쥐새끼 한 마리를 잡더니 삼십 분 가까이 괴롭히다가 발로 밟아 죽였지. 납작해진 쥐의 시체를 내게 던지며 말했어. "받아, 대장. 간식이야." 장난인가 도발인가, 미심쩍어하며 쥐새끼를 맛있게 먹는 장면을 연기해 보여줘야 했지. 비참한 기분이 들더군. 놈은 가슴팍을 두드리며 왕처럼 포효했어.

너희들은 아직 내가 왕의 지위를 차지하고 있단 걸 다행으로 여겨야 할 거야. 예전처럼 힘으로 다스리는 왕이 아니라, 노련함과 지혜로 간신히 지위를 유지하고 있지만, 그래도 왕은 왕이지. 명심해 맥스. 내가 이 자리를 물려주거나 네놈에게 탈취당하기 전까진, 넌 이인자에 머물러 있어야 한다. 아무튼 맥스 녀석의 호기심이 지루함으로 변질되고 결국 폭력으로 끝을 보기까지 삼십 분도 걸리지 않았어. 그래 맞아. 맥스에게 저 아이는 한 마리 쥐새끼와 다를 바 없어. 내가 맥스로부터 저 아이를 지켜줄 수 있을까?

하지만…… 그거 알아? 맥스를 난폭하게 만든 것도 너희 털 없는 것들이야. 오래도록, 평생을 이 비좁은 우리에 갇혀 살아야 한다고 생각해봐. 상상이라도 좀 해보시라니까. 우린 가끔 분노를 표출할 필요가 있다. 난동이라도 부려야 하지. 뭔가를 파괴하고 죽여야 답답한

속이 풀릴 때가 있다. 그렇게라도 하지 않으면 우울증에 걸려 죽거나 미쳐 죽거나 동료에게 맞아 죽거나…… 그런 게 우리 운명이다. 그러니 아가리 닥치란 말이다, 이 털 없는 것들아. 더 이상 맥스를 흥분시켜선 안 돼!

저것 봐. 지금도 맥스가 우리 밖으로 고개를 내밀고 이 상황에 개입할 기회를 호시탐탐 노리고 있잖아. 너희들은 맥스한테 대가를 치러야 할 거다. 저 아이를 그냥 넘겨주진 않을 거란 말이다. 나더러 하라고? 안타깝게도 내겐 그럴 힘이 없어. 왕으로서의 권위와 위엄이 사라져버린 초라한 왕…… 그게 나 랑고다.

나를 봐. 몸의 털이 가늘어지며 잿빛으로 변해버렸고, 얼굴은 늘어지고 어깨는 점점 내려앉고 있어. 내가 생명의 위협을 느끼며 간신히 지켜온 한줌의 권력마저 조만간 맥스가 차지하게 되겠지. 자연스러운 일이야. 어쩌면 이 상황이 왕위 쟁탈의 시기를 앞당길 수도 있겠군.

"코드 투Code Two, 고릴라." "코드 투, 고릴라." 휴대용 무전기로 상황을 전파하는 사육사들의 사이렌이 동물원 전체로 퍼져가고 있어. 지금쯤이면 애나에게도 소식이 전해졌겠지. 내가 지금 애타게 기다리는 것도 그 순간이다. 애나와 재회하는 순간…… 상상만으로도 가슴이 뛰는구나. 내 얘기를 들어주고 이해해줄 수 있는 유일한 사람. 애나만이 맥스의 감정을 조율할 수 있고, 애나만이 이 상황을 매끄럽게 정리할 수 있다. 지난주까지만 해도 그녀가 우리 관리자였는데…… 예고도 없이 코끼리 담당으로 옮겨갔다. 담당자가 나이 지긋한 남성 사육사로 바뀐 걸 알고 맥스는 즉각 난동을 부렸다. 미키를 강간하고 루키의 머리를 짓밟고 어린 제니를 철창에 집어던졌다. 다급히 달려온 수의사가 진정제 화살을 쏘지 않았다면, 나도 무사하지 못했을 거다.

여긴 그런 곳이다. 사소한 변화가 흥분을 유발하고 억눌려 있던 난동의 에너지를 격발한다. 언제든 끔찍한 상황이 벌어질 수 있는 조건이지. 너희 관리자들은 이곳에서 벌어질 수 있는 비상 사태를 세분화해 상황마다 각기 다른 코드 번호를 부여했지. 코드 원Code One은 우리가 너희 털 없는 자들의 영역으로 탈출한 상황, 코드 투는 너희 털 없는 것들 중 한 마리가 우리 영역을 침범한 경우다. 맞아, 이건 침범이야. 설사 실수로 우리에 떨어진 거라고 해도 우리 입장에선 침범으로 받아들일 수밖에 없어. 우리 영역에 들어올 수 있는 털 없는 것들은 수의사나 사육사에 한정돼 있지 않은가. 낯선 뭔가가 우리 영역에 불쑥 들어서면 위협을 느낄 수밖에 없지. 그게 우리 유전자에 기록된 본능이니까. 너희들이 지금 악악대는 소리도 그 본능의 사이렌이라는 것쯤은 나도 안다.

“뭘 그리 꾸물거리는 거야, 대장! 얼른 저걸 건져 오라고. 심심한데 잘 됐어. 놈들에게 본때를 보여주는 거야. 우리가 누군지 똑똑히 보여주자고. 이건 기회야, 기회!”

맥스가 재촉한다. 명령처럼 들리는 주문이다. 놈이 말하는 기회는 반란 또는 쿠데타의 기회일 수도 있다. 이제 이해하겠는가. 지금 내가 처한 딜레마를…….

애나는 뭐하느라 아직도 나타나지 않고 있는가. 하필 오늘이 비번이라 출근하지 않았으면 어쩌지? 만약 그렇다면…… 저 아이에게 구원은 없을 것이다. 그리고 나는 점점 괴로운 선택의 상황으로 몰리고 있다.

어느 쪽이든 당장 행동을 취해야 할 때다. 먼저 해자 바닥에 주저앉아 우아앙 사이렌을 울려대고 있는 저 망할 놈의 새끼가 어떤 상태인지 알아봐야겠다. 너희들 공포의 사이렌이 저 아이를 감염시킨 게 분명하다. 나는 안다. 저 아이는 실수로 해자 바닥에 떨어진 게 아냐. 엄마로 보이는 저 멍청한 여자가 방심했거나 방치한 사이, 스스로 난간을 넘어 해자 벽면을 타고 내려오다 저 지경이 된 걸 똑똑히 봤다니까.

저 아이가 흙탕물이 고여 있는 해자 바닥으로 추락할 때도 나는 폭포 옆 높다란 암석에 올라 너희 털 없는 것들을 관람하고 있었지. 너희들이 우리를 관람하며 휴일 한때를 즐기듯, 우리는 너희를 관람하며 매일매일이 휴일과 다름없는 무료한 감금의 시간을 견뎌낸다. 그렇게 휴일 같은 하루하루가 지속되지만 우리에게 휴식이란 없어. 노동 없는 휴식이 어디 있겠는가. 하여 나는 내가 아직 왕의 지위를 확보하고 있음을 말해주는 저 바위에 올라, 노동의 시간을 상상하곤 해. 그 시간 속에서 이 지긋지긋한 감금의 시간을 용케 견뎌온 거다. 너희들이 절대적인 규칙처럼 좇아가는 시곗바늘의 시간은 내게 아무런 의미도 없고, 어떤 영향도 미치지 못한다. 나는 초 단위로 흐르는 너희들의 시간을 축소하고 확장하며 새로운 시간을 창출할 수 있다. 어쩌면 내가 미쳐버린 건지도 모르지. 75분의1초의 찰나刹那를 1겁劫의 시간으로 확장하는 방법까지 터득했으니까. 시간이 길게 휘늘어지며 공간도 함께 팽창하는 거다. 우주 팽창처럼 말이지. 미칠 것 같은 감금의 시간 속에서 미치지 않기 위해 용쓰다보니 구원처럼 그런 능력이 내게 찾아온 게 아닐까?

그래, 동물원이라는 곳에는 말이지, 여러 층위의 시간대가 공존하지. 해자 너머에는 너희 털 없는 것들의 시간대가 있고, 철창 안에는 감금의 시간이 엿가락처럼 늘어져 있는 거야. 불안정하고 예측 불가능한 시간, 우리 안 동물마다의 심장 박동과 호흡 패턴, 습성에 따라 각기 다른 리듬과 속도로 흘러가는 시간이지. 사육사들은 이 두 가지 시간대를 동시에 살아가는 별종들이야. 제대로 된 사육사라면 철창 안에 고인 감금의 시간을 공감할 수 있어야 해. 그런 점에서 애나야말로 최고의 사육사지. 적어도 애나에게선 아무런 경계도 찾을 수 없었어. 해자로 가로지른 너희 털 없는 것들과 우리의 경계. 그 경계가 너희들 공포의 근원이라는 걸 이제 그만 알아차릴 때도 된 것 같은데……. 나는 절대 너희들의 경계를 인정할 수 없어. 그래서 난 한 번도 해자에 발을 들여놓은 적이 없지. 그럴 필요도 없었어. 얼마든지 해자 너머 영겁의 시공간–애나와 내가 함께 창조한–으로 날아오를 수 있었으니까.

그랬는데…… 끔찍하구나. 추악한 해자의 진탕에 두 발을 담가야 하다니.

맥스의 위협적인 재촉에 어쩔 수 없이 해자로 텀벙 뛰어든다. 격해지는 사이렌 소리. 털 없는 것들이 온몸으로 토해내는 공포 심리가 강물처럼 쏟아져 내린다. 공포의 강물이 해자를 범람하며 경계마저 지워버린 순간, 또 다른 위협이 내게 닥쳤다. "안 돼, 랑고. 물러서. 우리로 돌아가!" 사육사 한 마리가 총을 겨누며 위협한다. 저건 마취총이 아니다. 실탄이 장전된 진짜 총이 아닌가. 젠장! 뒤에선 맥스의 울부짖음이 위협하고, 앞에선 무장팀 사육사가 겨눈 총구가 금방이라도 불꽃을 뿜어댈 기세다. 그때 영겁의 시공간에서 뛰쳐나온 듯한 누군가의 목소리가 구원처럼 울린다.

"쏘지 마! 총 치워요. 랑고는 절대 아이를 해치지 않아. 저 아이를 구해주려고 하는 거야."

애나, 나의 애나, 애나가 왔다. 카프카의 소설 『학술원에 드리는 보고』에 등장하는 침팬지 '빨간 피터'를 소개해준 애나, 고릴라인 나도 저 해자의 경계를 넘어 새로운 진화의 가능성으로 나아갈 수 있다는 믿음을 갖게 해준 애나, 내 무릎을 베고 누워 다니엘 퀸의 소설 『고릴라 이스마엘』을 읽어준 애나–인간보다 뛰어난 지혜와 통찰력을 습득한 뒤 인간의 스승으로 변신한 고릴라 이스마엘 얘기는 내 생애 최초로 고릴라로서의 자부심을 느끼게 해주었다–, 온갖 의상들로 알몸을 가리거나 치장하고 살아야 하는 털 없는 영장류의 부끄러움을 아는 사람, 내가 인간으로 인정할 수 있는 유일한 사람 애나…… 어찌 그녀를 사랑하지 않을 수 있겠는가. 애나가 내게 "랑고 같은 남자와 결혼하고 싶어"라고 고백(?)했을 때 나는 가슴이 벅차오르면서도 어쩐지 좀 슬프고 우울했다.

애나가 총잡이 사육사 앞을 막아선 틈을 타 나는 성큼성큼 어린 침입자에게 다가간다. 내딛는 걸음걸음마다 느껴지는 묵중한 책임의 무게. 나는 이제 애나의 말을 증명해 보여야 한다. 더 이상 갈등은 없다. 지금 내게 애나의 믿음을 지켜주는 것보다 중요한 건 없어. 저 아이를 너희들에게 넘겨주겠단 말이다.

내 심중을 알아차린 걸까? 맥스의 분노가 울부짖음으로 터져 나온다. 어느새 놈이 바닥을 쿵쿵 울리며 해자 근처로 접근해 온다. "왜 이리 시간을 끄는 거지? 자신 없음 나한테 맡겨. 대장은 너무 물러 터져서 탈이야. 루키, 미키, 제니도 같은 생각이야."

모두 같은 생각이라고? 이건 반란인가 쿠데타인가. 반란이든 쿠데타든 네놈이 주도했겠지.

"설마 애나 저년 말대로 하려는 건 아니겠지?"

맥스가 쏜 의심의 화살이 내 심중을 관통한다. 이스마엘 선생이라면 이럴 때 어떻게 할까? 순간 기발한 아이디어가 한 줄기 빛처럼 내 상상의 시공간에 스민다.

"맥스, 이렇게 하면 어떨까?"

"어떻게?"

"저 멍청한 놈은 그만 돌려주자."

"아무런 대가도 없이? 그건 안 되지."

"대신 사육사를 애나로 바꿔달라고 하는 거야. 애나와 교환하는 거지. 어때?"

맥스 녀석, 곰곰이 생각에 잠긴 표정이군. 이번엔 내 화살이 녀석의 의식을 관통한 거다. 놈도 애나를 욕망하고 있으니까. 네놈이 나와 애나의 교감을 시기하고 질투하며 파괴하고 싶어 하는 이유, 나를 왕의 지위에서 끌어내리려고 하는 결정적인 이유겠지.

"그러게 왜 그런 수상한 짓거리를 했냐고? 대장이 한

짓 땜에 다른 사육사로 교체된 거잖아?" 맥스가 눈을 부라리며 말한다.

"그냥 잠시 끌어안고 있었을 뿐이야. 오해라니까."

"뭐 좋아. 나도 애나가 와주면 좋지. 근데 한 가지 조건이 더 있어."

놈이 급기야 본색을 드러내는구나. "뭔데?"

"대장은 그만 내려와. 이제 꼭대기는 내 자리야."

예감이 들어맞았다. 맥스가 암석 꼭대기에 오르는 순간 권력은 자연스레 놈에게 넘어가게 될 것이다. 나는 이제 굴욕의 시간을 감내하며 맥스에게 '빨간 피터의 고백'을 들려주고, '고릴라 이스마엘'의 지혜도 전수해야 할 것이다. 그렇게 우리도 저 꼴같잖은 것들 이상의 존재로 진화해갈 수 있을 거라고 상상이라도 해보지 않겠나, 맥스. 그런 상상이 결국 우리를 이 치욕적인 감금의 시간에서 건져 올릴 거라고 믿어보지 않겠나, 맥스 맥스…….

"좋아, 맥스. 그렇게 할게." 내가 너무 쉽게 수락해버리자 녀석은 그 점이 좀 걸리는 눈치다. "어차피 그러려고 했어. 그러니 넌 그만 우리로 돌아가." 왕으로서 내리는 마지막 명령. 하지만 놈은 단번에 거부해버린다.

"아니, 여기서 지켜볼 거야."

"너 그러다 꼭대기에 한번 올라보지도 못하고 총에 맞아 죽을 걸? 저건 진짜 총이야."

때마침 총잡이가 애나를 제치고 앞으로 나서며 맥스의 가슴팍을 겨냥한다. 맥스가 꽁무니를 빼고 물러나더니 그토록 오르고자 했던 암석 꼭대기에 자리를 잡고 앉는다. 그러자 총구가 다시 내게로 향한다. 애나가 제지하고 나선다.

"랑고에게 기회를 줘요. 믿어봐, 괜찮을 거야."

일순 해자에 미심쩍고 불안한 유예의 시간이 흐르기 시작했다. 공포의 사이렌이 잦아들고, 그 자리에 비극적 결말과 해피엔딩이 교차하는 긴장이 차오른다. 살 떨리는 정적! 이 모든 게 내 손에 달려 있다니……. 나는 흥분과 긴장을 억누르며 아이를 향해 걸음을 옮긴다.

다행히 아이는 무사한 것 같다. 다들 안심하라고. 팔뚝과 턱에 가벼운 찰과상을 입었을 뿐이야. 나는 바닥에 앉아 아이와 눈을 맞춘다. 아이가 말똥한 눈길로 나를 쳐다본다. "네 이놈! 어쩌자고 이런 무모한 짓을 한게냐?" 아이의 눈동자에서 불안과 호기심의 강물이 찰랑거린다. 경계 너머 미지의 존재를 향한 천진한 호기심이 이 아이에게 경계를 넘어가보라고 부추겼을 것이다. "너 몇 살이지?" 녀석이 오른손을 쫙 펴서 보여준다. 다섯 살이란 말일까? 아이가 손을 쭉 뻗어 내 코를 만진다. 녀석이 또 한 번 경계를 넘어버린 것이다. 털 없는 동물과 털투성이 동물의 경계. 아이가 집게손가락으로 내 콧구멍을 후비며 신기해한다. 나는 가려움을 참으며 털 고르기 해주듯 아이의 머리카락을 만진다. 고요, 정적, 평화가 깃드는 시간…… 이런 게 바로 내가 꿈꾸는 시간이지. 아, 이 아이와 함께 내 상상의 시공간으로 더 깊숙이 들어가보면 어떨까? 맥스에게, 저 털 없는 것들에게 보여주고 싶은 세상의 풍경 속으로. 털 없는 존재와 온몸이 털로 뒤덮인 내가 아무런 경계 없이 자유로이 뛰노는 장면은 상상 속에서나 가능한 일이지. 그게 가능할 수 있다는 걸 보여주는 거다. 이번엔 내가 이 아이처럼 경계를 넘어보는 거다. "아이야, 우리 같이 놀아볼까?"

나는 아이의 손을 잡고 치달리며 해자의 물길을 가르고 가른다. 까르륵, 까륵, 아이가 웃음을 터뜨리는 것 같은데…….

웬걸! 뭔가 잘못되었다. 날카로운 비명이 곳곳에서 터지고 있지 않은가. 선득한 느낌에 히뜩 뒤돌아보자, 총잡이의 총이 불을 뿜는다. 오호라, 내 최후의 순간, 탈옥의 순간이로구나, 탈옥! 그렇다면 이대로 끝낼 순 없지. 저 총알의 발사 속도를 늦추고 나만의 시공간으로 달려가자. 나의 고향(사실 난 동물원에서 태어났어. 하지만 이런 곳을 고향이라고 할 순 없잖아), 서아프리카의 어느 해안이 눈앞에 펼쳐지고 있어. 나는 그 황금빛 해안 너머 밀림 속으로 유유히 걸어 들어가지. 다행이야, 삶의 절정에서 죽음을 맞을 수 있어서.

총알의 불꽃이 내 심장을 파열하기 직전, 나도 마지막 불꽃을 토해낸다.

"내 사랑 애나, 안녕! 우리 영겁의 시공간에서 언젠가 운명적인 인연으로 맺어질 때까지……."

손을 흔들다

하명희

2009년 『문학사상』으로 등단했다.
소설집 『불편한 온도』, 장편소설 『나무에게서 온 편지』가 있다. 전태일문학상 등을 수상했다.

그 집에서는 초인종 소리가 일정하게 계속 울렸다. 그 소리는 비행기를 향해 깜빡이는 높은 건물의 빨간 불빛 같았는데, 그 집 앞을 지나는 사람들은 누르는 사람도 없는데 들리는 초인종 소리에 어리둥절하다가 현판을 보고 그 이유를 알아채고는 했다. 현판에는 '시각장애인의 집'이라는 글자가 새겨져 있었다. 창을 열어놓으면 초롱, 초롱 소리가 분침처럼 일정하게 울렸다. 초인종 소리는 길 안내를 하는 사람처럼 집이 있는 위치를 알려주고 있었다. 현판 옆에는 긴 의자가 있었다. 벤치라고 하기는 멋이 없는 예배당에서 가져다놓은 고동색 등받이 의자였다. 그 의자에 화분이 세 개 놓여 있었고, 화분과 화분 사이에 하얀 지팡이를 든 사람들이 앉아 쉬었다 가곤 했다. 사람들이 없을 때는 그 자리를 고양이들이 차지했다.

햇볕이 내가 있는 건물을 지나 그 의자만을 위해 떨어지듯 고양이를 덮는 5시가 조금 지나면 그 집에서 한 소녀가 튀어나왔다. 열 살은 넘은 것 같아 보이지만 표정만으로는 나이를 알 수 없는 아이였다. 소녀가 그 의자에 앉을 때는 고양이들이 덮고 있던 햇볕이 소녀를 향해서도 기울었다. 소녀도 고양이도 옆에 누가 있든 신경 쓰지 않았다. 고양이와 소녀는 의자에 떨어지는 햇볕을 차지하기 위해 그 시간 그 의자에 앉은 것처럼 보였다. 그러다 소녀는 "초롱"하며 초인종 소리를 따라했다. 소녀가 부르는 초롱의 음색은 높은 파솔이었다. 신기한 것은 어디에 숨어 있었는지 모를 삼색의 고양이가 그 소리에 의자로 뛰어 올라온다는 점이었다. 그러면 먼저 있던 고양이들이 슬그머니 자리를 피했다.

"초롱이 왔구나."

소녀는 삼색 고양이가 온 것을 어떻게 알았는지 엑스자로 멘 가방에서 물통과 컵을 꺼냈다. 컵 끝에 걸친 엄지손가락에 물이 닿을 때까지 붓고 화분 옆자리에 놓았다. 삼색 고양이는 소녀를 한번 쳐다보고는 가만히 있었다.

"깨끗한 물이야."

소녀가 흰색 지팡이로 바닥을 톡톡 치며 말했다. 고양이는 그때서야 컵에 입을 대고 발을 담가 얼굴을 문

질렀다. 소녀는 지팡이를 접어 왼쪽에 놓으며 남은 물을 화분에 조금씩 나누어 부었다. 그럴 때면 나는 자리에서 일어나 창가에 두 손을 포개고 몸을 밖으로 내밀게 되었다. 내가 매번 반복되던 그 풍경을 잊지 못하는 이유는 다음에 있었다. 소녀는 화분에 물을 주고 남은 것을 제 입으로 가져갔다. 그러면 초롱이라고 불린 고양이는 소녀의 무릎에 한 발을 올리고 얼굴을 문지르거나 햇살이 묻은 털을 슬쩍 비비는 거였다. 소녀는 고양이를 쓰다듬거나 만지지 않고 입술을 활짝 열어 하아 하고 웃었다. 그것은 고양이의 영혼이 소녀의 얼굴을 통해 되살아난 모습이었다. 소녀는 볼 수 없었겠지만 그 순간에는 삼색 고양이도 소녀를 따라 하아 하고 웃었다.

얼마 후 나는 계약된 일을 그만두게 되었다. 일을 그만두면서 가장 아쉬웠던 것도 이제 소녀와 삼색 고양이가 만나는 모습을 볼 수 없다는 점이었다. 적당하게 떨어져 앉아 자신의 가장 깨끗한 것을 주고 나머지를 먹던 소녀와 털에 묻은 온기를 비비던 고양이가 있는 풍경. 하아 하고 장난을 치던 소녀의 표정과 소녀를 따라 하던 고양이의 웃음이 주변으로 번지던 저녁. 어쩌면 잠깐씩 찾아오는 저녁의 평온은 이런 장난스런 고요로부터 풀려나오는 건 아닐까. 세상 구석구석에서 자기의 가장 좋은 것을 주고받는 그 잠깐이 모여 저녁의 고요를 만드는 것은 아닐까. 누군가 고요가 어디 있냐고 묻는다면 나는 이들의 만남을 얘기해줘야겠다고 생각했다.

하지만 늘 그렇듯 내게 고였던 고요는 아주 잠깐 스치고 지난 시간일 뿐, 나는 이 길을 다시 지나기 전까지 그것을 잊고 지냈다. 바로 지금에서야 그 고요가 떠올랐으니 말이다. 나는 요일을 잘못 알고 약속이 어그러져 우연히 그 앞을 지나는 중이었다. 건물에서는 여전히 초인종 소리가 깜빡였고, 창으로 보았던 그때의 풍경처럼 고동색 의자가 있었으며, 한쪽 끝에 한 소녀가 앉아 있었다. 열두 살은 훌쩍 넘어 꽤 언니 같은 표정을 한 소녀가 그 아이라는 것을 한눈에 알아봤다. 이런 말은 미안하지만 동상 같기도 했다. 이전에 내가 본 것은 짧은 시간 동상에서 빠져나와 고양이에게 물을 주고 사라지는 동화로 느껴질 정도였다. 햇볕도 그 시간 그 소녀를 데우고 있었다. 그 의자에 있던 화분들이 그때 있었던 화분인지는 모르겠지만 무언가 빠진 것만은 분명했다. 소녀의 표정은 어딘지 모르게 어두워 보였다. 소녀의 손목에는 시계가 있었다. 소녀는 누군가를 기다리듯 자꾸 시계를 보는 흉내를 내고 있었다. 초롱, 건물이 딸꾹질을 했다. 나는 삼색 고양이가 그랬던 것처럼 화분 하나를 사이에 두고 소녀 옆에 앉았다.

"지금 몇 시니?" 소녀는 손목시계를 보고는 주저 없

이 "5시 10분이요"라고 했다. 나는 핸드폰의 시계를 확인했다. 5시 20분이었다.

"누구 기다리니?"

소녀가 내 쪽을 쳐다보았지만 정작 하얀 눈자위의 시선을 피한 것은 나였다. 소녀는 다시 정면을 바라보았다.

"어떻게 아셨어요?"

"자꾸 시계를 보길래."

소녀는 허공에 대고 대답하듯 물었고 나는 소녀의 옆모습을 보고 있었다.

"기다리기는 하는데요, 그게 뭔지는 모르겠어요."

소녀는 한 손으로 시계를 만지작거렸다.

"모르겠다고? 기다린다면서?"

"뭐 다 알아야만 하나요? 아줌만 고도도 몰라요?"

내가 슬쩍 웃음 지은 것을 소녀는 보지 못했을 것이다. 고도라니. 우연히 다시 찾아온 곳에서 만난 소녀의 입에서 고도가 나오다니, 나는 소녀가 말을 끊고 일어설까 봐 일부러 질문을 던졌다.

"고도를 아니?"

내 질문에 기분이 나쁜지 소녀는 대답하지 않았다.

"오래 기다렸어?"

"안 올 건가 봐요. 지금쯤 와야 하는데. 원래는 늘 저보다 먼저 와 있었거든요. 초롱, 하고 부르면 나타나야 하는데 초롱이 대신 아줌마가 왔네요."

"……여기서 계속 기다렸구나."

나는 소녀가 마치 나를 기다려준 것처럼 이상한 안도감이 들었다.

"어, 어떻게 아셨어요? 목사님이 알려줬거든요. 어느 날 설교에서 고도를 기다리듯이 예수님의 부활을 기다리자고 그러셨어요."

"어떻게 헤어졌는데?"

"그걸 어떻게 알아요?"

"기다리고 있다고 했잖아."

"기다리긴 하지만 헤어진 적은 없는데……."

"헤어진 적도 없는데 기다린다고?"

내가 계속 묻자 소녀는 대답하기 귀찮은지 내게 질문을 던졌다.

"아줌마는 몇 살이에요?"

"그건 왜 묻니?"

"꼭 대답해야 하나요?"

소녀는 바쁜 척하며 시계를 보았다.

"아줌마도 대답하기 싫은 게 있잖아요."

소녀는 갑자기 자기 손목을 내밀었다.

"이 시계 봐줄래요? 지금은 몇 시예요?"

나는 창가에 두 팔을 올리고 얼굴을 빼고 소녀를 바라보던 때처럼 소녀 쪽으로 몸을 밀었다.

"5시 32분이구나."

"시계를 차도 시간을 맞힐 수가 없어요. 오늘도 안 오려나 봐요."

소녀는 왼쪽에 접어둔 하얀 지팡이를 우산처럼 폈다.

"내일도 올 거니?"

일어서는 소녀를 붙잡기 위해 급하게 물었다.

"그럼요. 아줌마도 내일 오실 건가요?"

뒤돌아선 소녀의 하얀 눈빛이 햇볕을 받아 반짝였다.

"오늘이 목요일인 줄 알았는데 수요일이더라고. 내일 다시 이쪽에 와야 하거든."

"나는 매일 오는데……."

"내일도 시계를 봐줄 수는 있지."

소녀의 콧등과 입술이 삐죽였다.

"아줌마는 내가 외로워 보이나요?"

스스로를 지키기 위한 차가운 목소리였다. 소녀는 내 대답 따위는 중요하지 않다는 듯 지팡이로 앞을 더듬으며 내리막길을 내려갔다. 소녀와 좀 더 이야기를 나누고 싶었지만 어쩔 수 없었다. 혼자 의자에 앉아 있다가 한때 내가 일했던 창 쪽을 쳐다보았다. 초인종 소리는 그때와 똑같이 일정하게 울리는데도 아무도 고개를 내밀지 않았다. 누군가 내려다본다면 손을 흔들고 싶었지만 한참을 기다려도 창문 여는 소리조차 들리지 않았다.

언덕을 올라온 하얀 지팡이들이 초인종 소리를 따라

방향을 틀어 그 집으로 빨려 들어갔다. 나는 빈 창문을 쳐다보다 언덕길로 내려갔다. 지하철 입구 근처까지 갔는데 미용실과 문구점 사이 골목에서 사람들이 모여 웅성거리는 것이 보였다. 카렌스도 한 대 서 있었다. 그냥 지나가려는데 가느다란 고양이 울음소리가 들렸다. 계단 사이 틈에 고양이가 새끼를 낳았다고 누군가 말했다. 나는 초인종 소리에 빨려 들어가듯 골목 쪽으로 방향을 틀었다. 집 주인은 새끼들이 눈을 뜨는 동안 먹이를 주고 물을 갈아주면서 돌봤다고 했다. 대문에 고양이를 분양한다고 써붙여놓고 일주일을 더 돌봤다고도 했다.

"모두 일곱 마린데 두 마리는 근처 초등학생들이 가져갔고, 하나는 저기 미용실에서 키우겠다고 해서 줬거든요. 나머진 어떻게 해야 할지 몰라서 구청에 신고한 거였어요. 난 몰랐어요. 얘들 데리고 갔는데 입양자가 안 나타나면 글쎄 안락사를 시킨대요. 어떡해. 난 몰랐어. 이제 막 태어났는데 살아보지도 못하고 어쩌면 좋아."

구청에서 위탁한 업체에서 나와 남은 고양이들을 케이지에 넣고 있었다. 집 주인은 자기가 신고를 해놓고도 그들을 막으며 주변에 모인 사람들에게 호소하고 있었다.

"이렇게 보내면 나 잠도 못 잘 것 같아요. 누구 키워

줄 분 안 계세요? 괜히 신고를 해가지고…… 애들 어떻게 해."

집 주인은 발을 동동 굴렀다. 누군가 그러면 당신이 키우라고 말했다.

"내가 애들을 키울 수가 없으니까 이러죠."

집 주인은 곧 외국으로 갈 거라고 했다. 그러니까 누구든 맡아달라고 주변을 둘러보며 힘주어 말했다. 집 주인은 차를 멈추게 하려고 내가 방금 소녀에게 한 것처럼 주변에 모인 사람들과 눈을 맞추며 말을 걸고 있었다.

"애들은 십 일, 아니 일주일인가 있다가 분양이 안 되면 화장을 해버린대요. 여기 있는 누구 맡아줄 분 없어요?"

"새끼들 엄마는 어디 있어요?"

사람들 사이에서 좀 전에 들었던 소녀의 목소리가 들렸다.

"지 새끼들 가져가는 걸 다 아나 봐. 아침에 나가서 안 들어오네. 안쓰러워서 어쩌나. 내가 애들을 다 죽이게 생겼어. 어쩌면 좋아. 너는? 아……."

사람들 다리 사이로 나보다 먼저 내려갔던 소녀의 하얀 지팡이가 멈춰 있는 게 보였다. 집 주인은 소녀의 모습을 보고는 뒷말을 흐렸다. 소녀의 표정이 일그러졌다. 소녀는 너무 일찍 세상을 알아버려 눈을 감은 것처럼 울상을 짓고 있었다. 소녀가 발을 내딛다가 지팡이를 놓쳐 바닥을 더듬었다. 나는 지팡이를 주워 건넸다.

"여기까지 왔구나."

소녀는 아까와는 다르게 허둥대며 흰색 지팡이로 바닥을 더듬었다. 지팡이에 사람들의 발이 걸렸다.

"아줌마!"

내가 있는지 확인하듯 다급한 목소리였다.

"나 아까 그 의자로 다시 데려다주실래요?"

"팔짱 껴도 괜찮지?"

내가 소녀의 팔짱을 끼자 그때서야 소녀가 고개를 끄덕였다. 햇살은 기울어 골목의 가로등을 켰다. 새끼 고양이들을 실은 차도 떠나고 있었다. 우리는 각자 내려왔던 길을 팔짱을 끼고 올랐다. 그리고 좀 전으로 돌아간 것처럼 의자에 나란히 앉았다.

"그러면 안 되는데…… 고양이 울음소리가 들려서 그쪽으로 옮겼더니 그만 길이 엉켜버렸어요."

엉킨 것들은 처음부터 다시 풀어야 한다는 듯 고요한 목소리였다.

"근데 지금은 몇 시죠?"

소녀는 손목을 내밀었다.

"5시 10분!"

소녀는 그때처럼 입술을 쫙 벌리며 웃었다.

"아줌마, 외로움이랑 그리움이랑 뭐가 다른지 아세

요?"

소녀의 목소리가 한결 가벼워졌다.

"글쎄, 둘 다 움인데 외로운 건 나고 그리운 건 너 같네."

"땡! 비슷하긴 한데 틀렸어요."

"그럼 뭐지?"

"알려줄까요?"

"알 것도 같은데 실은 잘 모르겠어. 알려줄래?"

소녀는 외로운 건 다른 걸로 채울 수 있는데, 하며 이제 가야 한다고 일어섰다. 나도 일어섰다. 소녀는 이번에는 먼저 팔짱 껴도 되냐고 물었다. 언덕을 내려오며 소녀는 헤어진 적이 없는 고양이에 대해 이야기했다. 나는 그 고양이가 검고 노랗고 하얀 털을 가진 삼색이었을 거라고 했다. 소녀는 기다리는 것 같기는 한데 그게 뭔지는 모르겠다고 했다. 모르니까 계속 기다릴 수밖에 없다고도 했다. 그러면서 "외로움이랑 그리움이랑 뭐가 다른지 알려줄까요, 진짜 몰라요?" 하고 물었다. 나는 오토바이를 피하기 위해 소녀를 내 쪽으로 바짝 끌어당겼다.

"외로운 건 다른 걸로 채울 수 있잖아요. 그런데 그리운 건 다른 걸로 채워도, 아무리 채우려고 해도 절대로 채울 수 없는 거예요."

소녀는 그 말을 하며 잠깐만요, 하고 멈추더니 골목

쪽으로 걸어갔다. 소녀는 긴 의자에서부터 골목까지의 걸음을 센 건지 지팡이로 골목 입구를 확인했다. 나는 뒤를 따랐다. 골목에서는 더 이상 가는 고양이 울음소리가 들리지 않았다. 그때였다.

"초롱!"

높은 파솔의 목소리가 골목을 울렸다. 소녀는 고양이처럼 그 자리에 가만히 웅크렸다. 이번엔 숨어 있던 삼색 고양이가 어디선가 튀어나올 차례였다. 다음에 다시 오려고 내 손을 놓았구나. 소녀는 내게 기다림의 자세를 알려주고 있었다. 소녀의 자세는 이 길을 지나는 동안 계속 이어질 거라는 걸 나는 알았다. 소녀에게 기다림은 자기가 오고 가는 걸음을 재는 일처럼 처음으로 돌아가는 일 같았다. 소녀는 같이 물을 나누어 먹던 고양이가 있던 자리, 그것은 다른 고양이가 온다고 해서 채워지지 않는다고, 생명은 생명에게 다른 것들로 채울 수 없는 자기만의 자리, 그리움을 남긴다고 온몸으로 말하고 있었다.

골목에서 나온 소녀는 전철역 입구를 확인하고는 이제 혼자 가겠다고 했다. 하얀 지팡이가 바닥을 치는 소리가 계단 끝까지 이어졌다. 소녀가 잡고 있던 팔이 허전했다. 계단 끝을 확인한 소녀가 뒤를 돌아 나를 바라보았다. 나는 하아 하고 웃음이 터졌다. 소녀는 나를 향해 손을 흔들고 있었다. 나도 모르게 손을 번쩍 들었다.

어떻게 번졌는지 알 수 없지만 그 순간만큼은 삼색 고양이의 영혼이 내게 들어온 것이 틀림없었다. 나는 소녀가 사라질 때까지 손을 흔들었다.

언니

황현진

2011년 장편소설 『죽을 만큼 아프진 않아』로
제16회 문학동네작가상을 수상하며 등단했다.
장편소설 『두 번 사는 사람들』, 중편소설 『달의 의지』,
단편소설 『부산이후부터』 등이 있다.

기계가 돼야 한다, 팀장이 아침마다 그러더라. 나는 그게 참 쉬웠거든. 기계에 대고 말하는 기계, 이래도 그만 저래도 그만 아니었을까? 근데 저쪽에서 날 너무 인간으로 대해. 너무 반말을 해. 싫어요 하지 않고 싫어라고 해. 됐어요 하지 않고 됐다니까라고 해. 날 안다는 듯이. 나 너무 오래 있었니? 내가 누구라는 걸 다들 알 만큼?

나는 잠자코 오선의 국그릇에 김 가루를 뿌려주었다. 새해니까 떡국 먹자고 불렀는데 오선은 백수가 되었다는 얘기를 쉬지 않고 이어나갔다. 이래도 그만 저래도 그만. 오선이 자주 하던 말이었는데 이래도 좋고 저래도 좋다라는 뜻과는 아주 다른 말이어서 오선의 기분을 맞추는 일은 늘 곤혹스러웠다.

이미 그만두고 왔으면서. 다 끝내버렸으면서. 왜 저쪽에 대고 할 말을 내게 할까. 내내 귀 기울여 듣긴 했지만 속으로는 의아했다. 나를 이쪽에 세워두고 하는 말인지, 저쪽에 세워두고 하는 말인지도 분간하기 어려웠다. '너무 인간'으로 대하는 것에 대한 문제였던 터라 대답할 엄두조차 쉽사리 나지 않았다.

작년까지 오선은 텔레마케터였다. 작년이라 해도 고작 3일 전이었다. 꼬박 2년, 하루 평균 200통씩 전화를 걸어 인터넷 TV 신청을 권유하고 성공하면 건당 만 원을 받았다. 사도 그만 안 사도 그만, 매사 시큰둥한 성격과는 도통 맞질 않는 일이어서 도리어 버틸 만했다고 오선은 말했다. 성과가 좋을수록 앞날이 두려워지는 자리라고도 했다.

주말에는 주로 우리 집에서 놀았다. 항상 흰 개를 데리고 왔다. 몰티즈 치곤 몸집이 좀 큰 편이었다. 차가 없으니 개를 데리고 외출할 때마다 불편했다. 후줄근한 차림으로 동네를 산책하거나 야외 테이블이 있는 카페에서 음료수를 마시며 온라인 쇼핑을 하는 게 데이트의 전부였다. 그마저도 점점 줄어들어서 나중에는 아예 집에서만 놀았다.

오래전 오선에게 어쩌다 개를 키우게 되었냐고 물었다가 크게 혼쭐난 적이 있었다. 어쩌다? 너 진짜 인간

안 같게 말한다, 쏘아붙이더니 일주일 쯤 지나서 들려주기로는 전에 살던 집에, 전에 살던 사람이 두고 간 개라고 했다. 텅 빈 집 한가운데 하얀 개가 납작 엎드린 채 앞발에 조그만 얼굴을 얹고 빤히 쳐다보더라고 했다.

나보다 먼저 살고 있었잖아.

그래서 언니라 부르게 되었다, 오선은 말했다. 언니를 좋아하는 일이, 나는 고단했다. 일관되게 좋지가 않았다. 길에서 언니, 언니 하면 사람들이 다 쳐다봤다. 심지어 남자들도 뒤를 돌아봤다. 개는 툭하면 앞으로 달려나갔다. 오선은 개를 놓치지 않으려고 언니, 언니 부르면서 함께 달렸다.

개는 오선보다 앞장서서 걷기를 좋아하고, 수시로 오선의 몸을 밟고, 불러도 반응하지 않았다. 오선이 움직일라치면 발치에서 사납게 짖었다. 앉을 때까지, 움직이지 않을 때까지. 아무리 봐도 오선은 개보다 서열이 낮았다. 심지어 개는 나까지 우습게 보았다.

이게 다 개를 언니라고 불러서 그래.

내가 지적하면 오선이 바로 맞받아쳤다.

그게 아니라니까. 언니가 개라서 그런 거라니까.

저녁엔 뭐 먹지?

깍두기를 집으며 오선에게 물었다. 오선은 국물을 뜨

다 말고 이거 남겼다가 또 먹자 했다.

다 불어. 남기면 떡 돼, 떡.

오선이 킬킬 웃었다.

떡이 뭐라고.

딴에는 챙겨주려는 마음으로 끓인 건데 오선이 실실 웃으니까 입맛이 떨어졌다.

먹기 싫음 남겨.

개가 귀를 쫑긋 세우고 밥상 쪽을 흘깃 쳐다봤다. 이게 뭐라고. 뭘 팔 때도, 뭘 살 때도 오선은 같은 소리를 했다. 기본급을 웃도는 월급을 받아본 적 없으면서, 오선은 농담으로도 내게 상품 신청을 하라든가 회원 가입을 하라든가 등등을 요구하지 않았다. 애사심이 없으니 자부심도 없고, 구매욕이 없으니 판매욕도 없을 수밖에. 나는 그렇게 생각했다. 경력으로 삼을 만한 일은 아니지만 오선에겐 불가피한 이력이라고 여겼다. 이러저러한 사정을 고려하면 그 일이 아주 나쁜 선택만은 아니어서 그만두길 바란 적도 없었다.

진짜 그만둔 거지?

밥상에서 물러나 앉으며 물었다.

더 그만할 것도 없다, 이제.

꼼짝 않고 벽에 붙어 있던 개가 슬금슬금 밥상 쪽으로 다가와 오선과 나 사이에 앉았다. 오선이 숟가락을 입에 가져갈 때마다 꼬리를 흔들었다. 오선이 또 음식을 남기면 모조리 긁어다가 개에게 먹여볼까, 잠깐 그런 생각을 했다. 그랬다가는 두 번 다시 오선을 못 볼 텐데, 아직은 그러기 싫었다.

국물은 다 마셔라.

그러자 오선이 수저를 놓고 그릇을 통째로 들고 마셨다. 나는 잘 했어라고 하려다가 잘 하셨습니다라고 했다.

네, 고객님.

오선이 웃었다.

오선은 경미한 안면인식장애를 앓았다. 사람들에게 제때 인사를 못했다. 지난 번 직장에선 동료의 결혼식에 갔다가 혼자 신부 측 하객석에 앉아 온갖 걱정에 빠져 있었다. 왜 아무도 안 올까. 다들 축하할 생각이 없었던 걸까. 나는 왜 몰랐을까. 식이 끝나자마자 신랑 측 하객석에 앉아 있던 동료들이 우르르 다가왔다. 빈자리를 좀 채워달라는 신부의 부탁 때문이었다. 결혼식 내내 오선은 신랑 측 하객석 무리와 눈이 마주쳤지만 단 한 명도 알아보지 못했다. 우릴 보고도 혼자 거기 앉더라. 동료 하나가 놀라워하며 말했다.

너무 다르게 생겨서 못 알아봤어. 비슷하게 생기면 알아보기가 더 쉽지. 표정이 가장 큰 차이니까. 언니는 안 보고도 알아. 내가 건물 현관에 들어서자마자 짖거든.

오선은 낮 동안 내게 맡겨둔 개의 흰 등을 쓰다듬으면서 한숨을 푹푹 쉬었다. 개는 오선의 허벅지에 앉아 헉헉거렸다. 더워하는 것 같아서 이제 그만 바닥에 내려두라고 했더니 지금 이 얼굴은 언니가 웃는 표정이라고 설명했다. 헉헉, 이건 언니가 웃는 소리라고 덧붙였다. 그 말을 들은 후부터 나는 가끔 오선의 앞에서 헉헉댔다. 그러면 오선이 혼자 웃었다.

'보고도 몰라서 혼자 있는 사람'을 두 번 다시 겪고 싶지 않아서 고른 일이었는데, 지난 2년 동안 오선을 또 뭘 겪었던 걸까.

밤이 되자 오선이 결혼을 하자, 했다. 주민등록번호와 신용카드번호를 불러주는 일이라면 모를까, 네 주머니에 만 원이라도 떨어지는 거라면 모를까, 절대로 반말하지 않는 고객이 되라면 모를까. 좀 어이가 없어서 오선의 기분 따윈 나 몰라라 했다.

결혼 그거, 나는 할 수 없다.

그러면 헤어지는 수밖에.

안 해도 좋지 않을까?

결혼하는 거? 헤어지는 거?

둘 다.

우리 사이에 미래가 없다니.

한 동네 사는 충무가 툭하면 나한테 하는 말이 있다. 앞날도 모르는 새끼들이 연애라니, 자신을 포함하고 던지는 말이어서 불쾌하긴커녕 통쾌했다. 서른을 넘긴 지가 옛날인데, 아직도 간신히 연애 중이라니. 자조인지 비난인지 알 수 없는 말을 하고 나선 꼭 묻곤 했다. 넌 10년 뒤에 뭐하며 살 것 같냐? 그때마다 나는 움찔했다. 충무 말고 다른 사람, 이를테면 오선이 물었다면 아마 죄 지은 기분이었을 텐데. 분명 그랬을 텐데, 나는 얼결에 충무가 했던 말을 그대로 따라했다.

10년 뒤에 뭐하며 살 것 같아?

마흔 여섯이네.

오선이 나를 빤히 바라보았다. 마흔여섯 살인 우리의 모습을 상상하는 듯했다.

나는 미래를 모르는 걸, 못 견뎌.

말하고 보니 실수였다. 내가 궁금해 하는 미래엔 애초부터 오선이 없었다는 소리처럼 들렸다. 말을 잘못 꺼냈다기보다 진심을 들킨 기분이었다. 내가 이토록 나만 생각하는 놈인 줄이야, 나도 나를 몰랐다.

오선이 벌떡 일어섰다. 베개 위에서 잠자던 개를 끌어안고, 한 손에 빈 케이지를 들고 신발을 구겨 신었다. 나는 엉겁결에 현관문을 열어주고 혹 문이 닫힐세라 잡아주었다. 짖어라 짖어. 위태롭게 안겨 있는 개를 쳐다보며 속으로 중얼거렸다. 짖을 리가 없었다. 누가 집 안으로 들어올 때만 짖는 개였다. 누가 나가도 짖지 않는 개였다.

충무도 애인이 있고, 충무 친구 동규도 애인이 있고, 동규 친구 병호도 애인이 있고, 병호 친구 진욱도 애인이 있고, 진욱 친구 만재도 애인이 있었다. 그들도 내게 애인이 있다는 걸 모르지 않았다. 그들도 나를 팔로우하니까. 다들 비슷한 처지였다. 삶의 우선순위가 연애일 수 없고 그러면 잘못 살고 있다는 기분이 들 수밖에 없는 형편, 그런데도 다들 애인이 있었다. 연애야말로 예측 가능한 유일한 미래였다. 하지만 그게 나한테 달려 있는 미래 같지도 않았다. 우리가 하는 연애가 그리 드문 경우도 아니라는 걸, 오선이라고 모를까. 따지자면 오선도 개를 키우지 않는가 말이다.

한참 이부자리에 너부러져 있다가 자정 즈음 부랴부랴 오선에게 전화를 걸었다.

무료 체험 기간은 끝났습니다. 고객님.

ARS 기계음 같은 목소리였다. 오선이 먼저 전화를 끊는 일도 처음이었다.

오선에게서 전화가 왔다. 두어 달만이었다. 오선은 대뜸 언니를 좀 맡아달라고 했다. 언니가 많이 아픈데 병원에 두자니 가두는 거나 마찬가지라서 도저히 안 되겠다고 부탁했다. 나는 흔쾌히 그러라고 했다.

이른 아침, 오선이 두 손으로 개를 끌어안고 찾아왔다. 그 사이 개는 털이 듬성듬성 빠지고 갈비뼈가 드러날 정도로 삐쩍 마른 상태였다. 오선은 개를 이불 위에 내려놓곤 네 다리를 앞으로 쭉 뻗게 옆으로 눕혔다. 곁에 앉아 개의 턱 언저리를 살살 긁었다. 보아하니 개는 스스로 움직이지도 못했다.

나랑 10년 살았어.

오선은 개의 정확한 나이를 몰랐다. 10년을 살았지만 또 10년을 살 순 없었다. 개는 그렇게까지 오래 살 수 없다고, 20년을 사는 개는 없다고 오선은 자주 말했다.

10년 뒤에 뭐하며 살 것 같냐고? 죽거나 살거나 둘 중 하나야. 개는.

아픈 개를 맡기면서도 오선은 내가 한 말을 잊지 않고 돌려주었다. 나는 충무가 10년 후를 운운할 때보다 더 움찔했다. 오선이 개를 두고 개라고 말하는 걸 처음 들어서였다.

3개월 남았대.

언제부터 3개월인데?

지금부터.

3개월은커녕 한 달도 버티기 어려워 보였다. 오선은 3박 4일 동안 신입 연수를 받아야 하는데, 어떻게든 언니가 버티기만 바랄 뿐이라고 담담하게 말을 이었다.

언니가 너를 아니까 온 거야. 여기에선 내가 돌아온

다는 걸 알 거야.

오선은 개 옆에 누워 머리끝에서 꼬리까지 쓰다듬었다.

다녀올게. 언니.

개가 설핏 눈을 떴다. 새까맣고 동그란 눈동자는 여전했다. 오선이 우물쭈물 일어나 가방을 메고 신발을 신었다. 그 와중에도 계속 개를 보았다. 잘 지키고 있을 테니 걱정 말고 다녀오라고 장담하면서 나는 마지못해 현관을 나서는 오선의 뒤를 따라갔다. 검은 코트 속에 정장을 갖춰 입은 오선의 행선지가 궁금했다.

어디에 취직했어?

오선이 묵묵부답이어서 나도 입을 다물고 뒤좇았다. 골목길을 벗어날 때쯤 다시 물었다.

취직한 데가 어딘데?

지하철역에 다다라선 빽 소리를 질렀다.

어디냐고.

그제야 오선이 멈춰 섰다.

내 인생에 대고 짖지 마.

그 순간, 우리 연애의 미래가 누구한테 달려 있는지 또렷이 보였다. 더 묻지 않고 곧장 집으로 향했다. 현관문이 활짝 열려 있었다. 개가 보이지 않았다. 선 채로 집 안을 둘러보았다. 없었다. 허리를 숙이고 개가 숨을 만한 곳을 뒤졌다. 최대한 몸을 낮추고 텔레비전 아래, 싱

크대 아래, 침대 아래 개가 기어들어갔을 만한 곳을 샅샅이 살펴보았다. 어디에도 없었다. 다시 집 밖으로 달려 나갔다. 차마 언니라는 말이 안 나와서, 나는 오선을 불렀다. 오선아, 오선아. 도대체 어디냐고, 오선아.

후원자 명단

가네샤
강예빈
경
경아씨
고구밍
고라
고은규
괜찮은사람
구동희
권하늘
김가연
김다래
김도영
김민영
김보미
김소고
김소심
김연희
김영주
김우영
김효진

꼬리
꽃다지
ㄴㄴ
나다라마
나루
나물
남영란
내문서
네코무라
다미
다행이
달걀
도토리
륜옵
르웨나
마오오니
매원
모리미즈
모모
모카
문지윤

물랭이
민콩
박대리
박서영
박선민
박유빈
박지현
박혜경
박화연
비요뜨다내꺼
사과
서민수
서정
성경모
손한길
송지혜
송현민
수선화에게
수아
스노우파이
시금치커리

시나몬
신유라
쌀진주
ㅇㄹㅇㄹ
아린메이아
안서현
알리시아
얌빠라밤
양다
에이마
에이미j
연
영
오묘
오버왕자
오아지
오은
오주희
오찌맘
완소연
왜

우다영
우주계란
유석
유홍진아
유힌
윤선미
이번키커
이세연
이소연
이영산
이은교
이은지
이장오
이종영
이채원
이한나
이현이
이현지
이혜수
이혜진
이호경

인간의과도기
작은 돌멩이
잔
재오열매
정나온
정민교
정유경
정조은
제이쌍스
조경일
조대한
주현주
지애기
진마음
진토닉
차차
채윤
채현선
철딱선희
최유림
최창근

최혜진
ㅋㅋㅋ
코쟁이
태훈
탱구르르
투모로우
파
파트라슈
퍼피테일
푸르미
하
하로리
한예빈
한정화
한지윤
허은진
현G
현린
혜련
호다
홍구
홍아름
홍차
홍차마들렌
히사츄키
히즈히즈
히히팬더
ㅣㅣㅣㅣ
-
-
020****
10
Ade
an
aurora
Ayesha
BUTTON NOSE
check77
cobl
cybernix
dddddd
eunjin****
gyeong
HANA
iamai
J
Jane
jhj7960
jjug****
JKLee
julia
kim10
Kundera
Kyungmi Namkung
may
min
msk****
nalbit
Nansoo Lee
Se-Hyung Cho
Seoh Char
seon
shej****

SONGEJ

Sunim Jeong

SUPERTOP

tmc0****

tob****

whatde

wheldkr

windstella

yeon

Yeong Gyeong Lee

『무민은 채식주의자』 발간을 앞둔 지난 2018년 10월 한 달여간 텀블벅 펀딩을 진행했습니다. 이를 통해 동물권을 널리 알리는 목적의 리워즈(후드 티셔츠와 엽서)를 제작, 책과 함께 배포한 데 이어 펀딩을 통해 발생한 순수익의 절반을 동물권행동 '카라'에 기부할 수 있었습니다. 펀딩을 성공적으로 이끌어주신 후원자 분들께 감사의 마음을 전하고자, 1쇄본 별지에 그 명단을 기입하였습니다. 이 지면을 빌려 다시금 감사의 인사를 올립니다.

무민은 채식주의자

2018년 11월 15일 1판 1쇄 펴냄

2020년 8월 27일 1판 3쇄 펴냄

지은이 구병모 외

펴낸이 김성규

책임편집 박다람쥐

디자인 진다솜

펴낸곳 걷는사람

주소 서울 마포구 월드컵로16길 51 서교자이빌 304호

전화 02 323 2602

팩스 02 323 2603

등록 2016년 11월 18일 제25100-2016-000083호

ISBN 979-11-89128-19-7 04810

ISBN 979-11-960081-2-3 (세트)

* 이 도서는 한국출판문화산업진흥원의 출판콘텐츠 창작 자금 지원 사업의 일환으로 국민체육진흥기금을 지원받아 제작되었습니다.

* 이 책의 국립중앙도서관 출판시도서목록(**CIP**)은 서지정보유통지원시스템 홈페이지(**http://www.seoji.nl.go.kr**)와 국가자료공동목록시스템(**http://www.nl.go.kr/kolisnet**)에서 이용할 수 있습니다. (**CIP**제어번호:**2018035846**)